KUARO叢書 4

中国現代文学と九州

異国・青春・戦争

岩佐昌暲 編著

九州大学出版会

目次

序章　中国現代文学と九州

1　実学から文学へ

中国現代文学への留学生の貢献

明治以後の日本の近代化の過程で高等教育制度の整備が進むと、アジアの先進国たる日本には中国からの留学生が多数集まってきた。郭沫若《かくまつじゃく》（一八九二〜一九七八）が《中国の近代文学はその過半を日本留学生に負っている》（「テーブルのダンス」一九二八）と述べたのは有名な話である。だが、後に中国現代文学の開拓者となっていく人々が、最初から文学を目指して日本に留学してきたわけではない。むしろ中国の近代化に必要な技術や知識を学ぶために日本に留学し、その過程で文学に開眼し、本来の学業を捨てて文学に転じた者が少なくない。

例えば中国現代文学の創建者といっていい魯迅《ろじん》（一八八一〜一九三六）は、もともと医学を目指したが中途で文学に転じた。魯迅と並び中国現代文学の巨匠である郭沫若も、目指すところは医であった。本書の登場人物をとっても、例えば張資平《ちょうしへい》（一八九三〜一九五九）は地質学、夏衍《かえん》

（一九〇〇〜一九九五）は工学、陶晶孫《とうしょうそん》（一八九七〜一九五二）は医学と、それぞれ志は実学にあった。それは、当時の中国が近代国家形成の途上で、そのような学問とそれを身につけた人材を必要としていたからにほかならない。だが近代国家が建設されるためには、近代国家の精神を身につけた「国民」の創出が伴わねばならない。あるいは国家の内実を成す「精神文化」のごときものがなければならない。前者のような問題に最も鋭く気づいたのが魯迅だった。魯迅は《およそ愚弱な国民は体格がどんなに立派で丈夫でも》それだけではしかたがなく《精神を改革しなければならない》、精神の改革に有効なものは「文芸」だと考えて医学から文学に変わったと回想している（『吶喊』自序、一九二二）。

実学から文学に転じた留学生たちすべてが魯迅のように意識的であったわけではない。例えば初期の郭沫若にとって、文学は社会変革よりも、自己救済に近い意味をもっていたように思う。彼はこう書いている。《私自身はもともと文学好きの人間だったのだが、時代の流れの影響を受けて、日本へ医科を学びに行ったのである》《大学に入って一年たたぬうちに、私は自分が医学を学んだのは道を誤ったのだと強く感じるようになった。一九一九年の夏には、私はもう文科に転入したいと考えていた》（松枝茂夫訳『創造十年』一九三二）。

いずれにせよ、彼らは実学を学ぶべく入学した日本の大学や旧制高校で、はじめて西欧の文学に触れたが、その機会を与えたのは語学の授業であった。郭沫若にせよ張資平にせよ、語学の教材が西欧文学に親しむきっかけになっている。そうしたことから関心は広く大正期日本の小説、詩、演劇、美術の作品や理論などにも及んでいったのであろう。彼らは日本と西欧の近代文学の理論、実作品を学び、消化して新しい中国文学を建設していったのである。

九州の大学と旧制高校

郭沫若が言ったように、中国現代文学の歴史に日本留学生が果たした役割は大変大きかった。そしてその留学生の中に九州の学校に学んだ学生たちが中心的なメンバーとして存在するわけであるが、では彼らを育てたのはどういう学校だったのか。

九州で最初にできた高等教育機関は一八八七（明治二十）年に設立された熊本第五高等学校であった。ついで一九〇三（明治三十六）年京都帝国大学福岡医科大学が開設され、やや遅れて〇五（明治三十八）年私立明治専門学校が、一一（明治四十四）年には九州帝国大学が創立される。九州にはほかに鹿児島に第八高等学校が、福岡に福岡高校、佐賀に佐賀高校があったが、残念ながら文学史に名を残すような作家は現れていない。五高、九州帝大、明治専門学校という三つの学校に、その後の中国現代文学を切り開いていくことになる人物たちが学ぶのである。

2　張資平・郭沫若の出会い——創造社の結成——

張資平

まず先鞭を切ったのが張資平で、彼は一九一六（大正五）年九月、熊本第五高等学校に入学した。当時は今と違って、中国人留学生が官費で学べる官立学校は五校しかなかった。第一高等学校、東京高等師範、東京高等工業、千葉医専、山口高等商業（ただし山口高商は留学生の学生運動が原因で受け入れをやめていたから実質四校）。ここに入学しなければ官費を受給できないのである。一高を除く四校はそのまま実学を学ぶことができた。だが一高に入学すれば卒業後さらに帝大に進むことになる。官費を狙う留学生は師範、工業、医専を受験した。そして合格できないときは一高に中国人留学生のために設けられた特設予科に進んだ。ここで一年学べば、各地の高等学校に進学することができたのである。

張資平、郭沫若、郁達夫《いくたっぷ》（一八九六～一九四五）など、後に創造社を結成することになる青年たちは実は同じ時期（一九一三～一四）に日本に留学し、四校の受験に失敗して第一高等学校予科に学び、修了とともに各地の高等学校に配属された者たちだった。郭沫若は岡山の第六高等学校に、郁達夫は名古屋の第八高等学校に、そして張資平が熊本の第五高等学校に配属されるのである。張資平によれば、彼は予科時代に郁達夫とは親しかったが、郭沫若とは話もしたことがなかったという（張の自伝『私の生涯』一九三二）。

張資平の文学活動は五高時代から始まる。本書では松岡純子により、五高時代の張資平がその作品『ヨルダン川の水』（一九二〇）、『沖積期化石』（一九二二）の詳しい解説とともに紹介されている（第三章）。張資平は五高から東大に進み、帰国後は多角恋愛小説によって名をあげるが、日中戦争期には汪兆銘政権に協力、戦後、対日協力者として漢奸（民族の裏切り者）罪に問われ、中華人民共和国成立後、反革命罪で労働改造中の五九年病死した。彼の人生は、その栄光も悲惨も日本との関わり抜きにはあり得ないだけに、深い感慨を引き起こさずにはいられない。

箱崎海岸での出会い　文学結社の夢

郭沫若が六高を終え、九州帝大入学のため岡山から福岡に来たのは一九一八年夏のことである。福岡に移って間もない八月下旬のある日、松林に散歩に出た郭沫若は筥崎宮前の参道で海岸から歩いてくる張資平に出くわした。張は本来ならこの年五高卒業のはずだったが、五月の日中軍事協定反対ストライキと集団帰国運動に参加したため、試験が受けられず落第となり、休みを利用して福岡に海水浴に来ていたのだった。二人はここで次のような会話を交わす。

「中国には実際読める雑誌は一冊もないね」

「『新青年』はどうだね？」

「まあいくらかいい方だね。しかし啓蒙的な普通の文章ばかりで、字のわきにマルや点をぎっしり打ってあって、字の数よりその方が多いくらいだよ」（中略）。

「中国に今欠けているのは、卑近な科学雑誌と純粋な文学雑誌だと僕は思うね。（中略）日本にあるような純粋な科学雑誌や純粋な文学雑誌は探そうったってありはしないからね」

「社会にはもうそんな要求があるのかね」

「あるらしいね。僕たち国外に住んでいるものが不満を持っているのと同様に、国内にいる学生も大いに不満を抱いている。（略）」


中国の文化状況について説明しているのが、帰国したばかりの張資平、質問しているのが郭沫若である。この後、張は実は何人か集まって純粋な文学雑誌を出したいと考えているのだと話し始める。《同人雑誌の形式を採り、専ら文学作品を集めるんだ。文語体ではなく白話文（口語体）を用いよう》（『創造十年』）。

二人は、同人に加えるべき者（《いくら数えてみても文学上の同人にできるのは僅か四人しかいなかった。即ち郁達夫、張資平、成仿吾《せいほうご》（一八九七〜一九八四）、および郭沫若》と郭は書いている）や、奨学金の中から印刷費を捻出する、といったことまで話し合う。郭沫若は《創造社のことを思うたびに、僕自身にはいつもこのときの会話がその受胎期だったように感じられる》と書いているが、この偶然の出会いが、後に創造社として中国文壇に大きな影響力をもつことになる文学結社を生み出すきっかけとなるのである。

創造社と文学研究会

中国の現代文学が始まったのは五四文化革命の時代である。一九一五、六年から中国思想界に西欧思想の紹介、儒教など伝統的封建思想反対を核とする啓蒙運動が起きる。その舞台になったのが雑誌『新青年』だが、この啓蒙運動が一九一九年の五四運動を頂点とするところから、これを五四文化革命とか新文化革命と呼ぶ。この文化革命の中で、胡適《こせき》と陳独秀《ちんどくしゅう》が文学の革命を唱えた。それは伝統的な知識人（支配者でもある）の文学意識とそれを表現する言語＝文語を打倒し、口語による新しい文学（陳独秀はそれを「国民文学」「写実文学」「社会文学」と言っている）を打ちたてようという主張だった。魯迅の『狂人日記』（一九一八）はその最初の実践だとされる。これを突破口として、口語表現による文学の時代がはじまり、一九二〇年代に具体的なさまざまな実作品として現代文学が開花することになるのである。

文学研究会は、その二〇年代に最初に生まれた文学団体で、創造社より早く二一年一月、周《しゅう》作人《さくじん》（魯迅の弟、一八八五～一九六七）、鄭振鐸《ていしんたく》、王統照《おうとうしょう》、茅盾《ぼうじゅん》（沈雁冰）、葉紹鈞《ようしょうきん》、許地山《きょちざん》、謝冰心《しゃひょうしん》といった人々によって結成された。彼らの基本的な姿勢は「社会を描き、人生の問題を表現する」というもので、これは五四文化革命の精神を受け継いでいた。機関雑誌『小説月報』にはその姿勢にそった作品が載り、その傾向から写実主義の「人生派」と呼ばれた。

創造社は同じく二一年六月、東京の郁達夫の下宿で呱々の声を上げた。この結社の誕生には郭沫若が同人集結のために奔走するなど、中心的な役割を果たしている。最初の同人は、主な者だけを挙げるが、郭沫若、郁達夫（東京帝大経）、張資平（東京帝大理）、成仿吾（東京帝大工）、田漢《でんかん》（一八九八～一九六八、東京高等師範文）、陶晶孫（九州帝大医）、鄭伯奇《ていはくき》（一八九五～一九七九、京都帝大文）などであった。彼らのうち、郭沫若はすでに詩人として名をなしつつあり、この年八月には豪放、雄大、理想主義、空想といったロマン主義の特徴をもつ詩集『女神』を出す。『女神』は同時代の青年に大きな影響を与え、中国現代詩の源流の一つとなっている。少し遅れて郁達夫も小説『沈淪』（一九二一）を出版した。『沈淪』は留学生の性の抑鬱を弱小民族たる「支那人」への蔑視に対する悲憤にからめて描いた（伊藤虎丸の評）ものだが、大胆に性を取り上げたことで大きな反響をよんだ。後に劇作家として名を成す田漢はこの年ワイルドの『サロメ』を翻訳・発表していた。このように創造社は才能ある留学生を集めた文学集団だった。彼らは「自我の表現」を掲げ、浪漫主義の「芸術派」とされた。

二〇年代の中国文学の歴史は、この文学研究会と創造社との対立を大きな流れとしながら形成されていくのであり、郭沫若、張資平、陶晶孫はその流れの中心にいたことになる。

3　初期創造社の作家群

郭沫若

前に見たように、郭沫若は一九一八年夏、妻子を伴って福岡に来る。その後、二四年に帰国するまで、彼はその大部分を九州で暮した。ほとんどの期間は医学部近くの箱崎近辺で、帰国前のごく僅かの期間を佐賀の熊の川・古湯の二つの温泉で過ごした。その七年近い歳月に彼は膨大な文学作品を書き残した。初期に書き綴った詩は『女神』にまとめられ、日記に基づく詳細な滞在記は『創造十年』の名で刊行された。これらの作品によって、われわれは二〇年代初期の中国知識人の内面を知ることができ、中国文学史の裏面を窺うことができる。だが、同時に中国作家の目にとまった大正時代の九州の姿も知ることができるのである。

郭沫若は、その作品の中で地名を実名で書きとめている。中国の文学愛好者や、文学研究者、作家、詩人などで「博多湾」「千代の松原」「箱崎」「大宰府」「門司」といった地名を知らない者は少ない。郭沫若のおかげである。彼はその作品の中で繰り返しこれらの場所を詠い、描いた。

郭沫若こそは福岡や九州大学を中国に紹介してくれた恩人なのである。

なお、郭沫若は張資平とは対極的な路を歩んだ。彼は帰国後、革命陣営に立ち、二六年北伐戦争に参加、二七年国民党右派の反共クーデターで北伐が挫折するや、蔣介石を批判して翌二八年日本に亡命する。そして三七年日中戦争が勃発すると今度は日本を脱出して、祖国の抗日の陣営に加わるのである。やがて日本が敗れ、新中国が成立すると副総理に就任、また中日友好協会名誉会長として日中間の友好交流促進に努めた。五五年には代表団を率いて来日、その折に母校・九大を訪ねて盛大な歓迎を受けている。すべて、これらのことについては本書の武継平の紹介に詳しい（第一章）。

陶晶孫

郭沫若に遅れること一年、一九一九年に陶晶孫が福岡に来た。陶晶孫は無錫の金持ちのぼんぼんで、九歳で来日、東京府立一中、一高を経て九州帝大医学部に入学した。彼は音楽の才に恵まれ、九大のオーケストラで活躍したが、同時に小説も書いた。郭沫若と知り合い、彼の夫人・佐藤とみ（富子、をとみとも呼ばれる）の妹・佐藤みさをと結婚した。中華人民共和国成立後政府高官となった郭沫若と違って、五〇年台湾から日本に脱出、日本語で著述活動をしながら日本で生を終えている。

文革後、現代文学の再評価が進む中で三〇年代初期上海に起こった都市文学（＝新感覚派）と日本の新感覚派との類似が注目されると、陶晶孫はその先駆的文学者としてとりあげられるようになり、作品集も出版されている。彼の福岡での生活や文学については、本書の小崎太一の紹介を見られたいが（第二章）、彼もまた日本との深い関わりの中でその人生を送らざるを得なかった。数年前まで、九州大学医学部同窓会名簿には、彼の本名「陶熾」に「すえ　さかん」と読み仮名があてられ、住所、職業など「不詳」と書かれていた。九州大学医学部は、自分の学部出身のこの文学者の存在を知らなかったのである。

九州を訪れた創造社メンバー

以上のように一九二〇年代は九州で学んだ三人の留学生が、創造社に拠って活躍した時期である。そうして、彼らの縁で（といっても結局は郭沫若との縁だが）後の創造社のメンバーが九州を訪れている。田漢と成仿吾である。

最初に来たのは成仿吾である。成仿吾は六高時代の郭沫若の同窓で、その語学と理数系の才能は留学生の間で語り草になっているほどだった。創造社時代には小説も書いているが、主に評論で活躍した。北伐戦争期の反共クーデター後の二八年フランスに渡り、そこで中国共産党に入党した。以後中国共産党の文化教育関係の幹部として働き、新中国成立後は各地の大学の学長職を歴任、文革後中国人民大学学長となった。

　彼は張資平と同じく一八年の中日軍事協定反対運動に参加し集団帰国で上海に帰っていた。彼本人はもう日本で学業を続ける気はなかったが、九大の眼科で手術を受けたいと願っている同郷の陳という盲目の老人に頼まれて、この年九月福岡にやってきた。

　来福して郭沫若を訪ねた彼は、質屋の倉庫の二階に住む郭沫若一家に同情し、陳氏のために家を一軒借りるから一緒に住んだらどうか、と提案した。郭夫人のとみが家事の世話をするのが条件だった。当時入学したてで授業料、高価な参考書など出費がかさみ苦しんでいた郭沫若夫妻には願ってもない話だった。彼らは筥崎宮の前に二階建ての家を借り、一階には郭沫若一家が、二階に陳氏一家と成仿吾が住むことになった。同居するようになると、郭沫若は張資平と相談した雑誌創刊のことを成仿吾に話し、賛成を得ている。一方陳氏の目は手術してもよくならず、結局帰国したが、家賃は年末まで払われていたので、郭沫若はしばらくそこに住みつづけることができた。成仿吾は、郭沫若らに説得され、東大での学業を続けるべく東京に去った。同居後二週間ほどのことだった。

　次に来たのは田漢である。彼は中国演劇の父ともいうべき存在で、『創造』に「カフェの一夜」（一九二二）などの戯曲を発表したのをはじめ、多くの戯曲、映画シナリオを書いて、中国の近代演劇を創り出した。また南国劇社、南国電影劇社などの団体を作って左翼演劇、映画運動を推進したことでも知られる。新中国成立後は中国戯劇家協会主席に任じたが、文革中激しい攻撃を受け獄死した。郭沫若とは宗白華《そうはくか》（一八九七～一九八六）を通じて知り合った。宗は郭沫若の詩が初めて上海の雑誌『時事新報』文芸欄『学灯』に掲載されたときの編集者で、従って詩人・郭沫若の発掘者ということになる。一九二〇年、田漢、郭沫若、宗白華は文学、芸術のいろんな問題について頻繁に手紙のやりとりをしている。この往復書簡は同年『三葉集』という名で出版された。

二〇年三月、田漢は春休みを利用して博多を訪れている。丁度、二番目の息子博孫が生まれて三日後、郭沫若は家事一切を自分でやっていた。彼が来た三日目には産後間もない妻を一人にして田漢を大宰府に案内、次の日も西公園など名勝を案内し、おかげで子供は病気、妻は乳が出なくなった。そうまでしたのに田漢は《往来しているのは産婆や下女、心にかけているのは薪米油塩》という自分の姿に失望したようだ、と郭沫若は書いている（いずれも『創造十年』）。

4　明治専門学校の留学生——夏衍と艾思奇——

夏衍

またこの時期にはまだ文学活動に従事していなかった者で、その後、文学界で活躍する者が現れる。その一人に夏衍がいる。

夏衍は二一年明治専門学校電気工学科に入学、二六年に卒業した。在学中ロシア文学にふれ、また二三年以後は九大生の読書会に加わり、マルクス主義の書物も読むようになった。この時代の夏衍については、新谷秀明の紹介に譲る（第四章）。夏衍は明専卒業後、九州帝大工学部に入学するが、それは学問のためというよりは、留学生に支給される官費で政治活動をする方便だった。二七年帰国、共産党に入党し、党の指示で左翼文芸活動に従事する。

夏衍の文芸活動は広範囲にわたっているが、特に活躍したのは、映画と演劇の分野であった。演劇や映画のシナリオも多く、また報告文学の分野でも「抱え女工」など、日本資本の工場で働く中国人女工の苛酷な労働実態を告発した作品がある。また、抗日戦争末期から国共内戦の四〇年代には広州、桂林、香港、重慶など各地を転々としながら多くの新聞を興し、編集者として活躍したが、その上司として彼を指導したのが郭沫若だった（夏衍著・阿部幸夫訳『ペンと戦争　夏衍自伝』）。

新中国成立後は、中央政府文化部（文部科学省に相当）副部長に任じた。文革期には失脚したが、文革後中国文学芸術家連合会副主席、中日友好協会会長などを務め、一九八五年には母校九州工業大学（かつての明治専門学校）を訪ねて講演している。

艾思奇

夏衍卒業の四年後、今度は艾思奇《がいしき》（一九一〇〜一九六六）が明治専門学校に入学した。本名、李生萱《りせいけん》。艾思奇はペンネームである。雲南省生れ。中学時代『新青年』などを通じマルクス主義の洗礼を受けた。同じく雲南出身の音楽家聶耳《じょうじ》（一九一二〜一九三五、藤沢市鵠沼海岸で遊泳中溺死）と仲がよかった。二七年春来日、東京の社会主義者の読書会でマルクス主義の著作に触れた。やがて貧困と疲労で病を得て二八年帰国。三〇年病癒え、再度来日、明治専門学校に入学したが、三一年満州事変に抗議して帰国した。帰国後三五年には中国共産党に入党する。三六年『大衆哲学』を出版、マルクス主義哲学を分かりやすく解説した書物として大きな反響をよび、その名を知られるようになった。文学と関係をもつようになるのは、四〇年代当時中国共産党中央のあった延安で文化運動を指導したからで、四〇年雑誌『中国文化』が創刊されると編集長を務めたほか、四二年には毛沢東主宰の「延安文芸座談会」にも参加している。だがもともとは哲学畑の人である。新中国では毛沢東思想の解説者として知られ、劉少奇派の思想的代弁者と目された哲学者・楊献珍《ようけんちん》と激しく対立し、楊を失脚させた。

艾思奇が明治専門学校に学んだことは知られていなかった（中国で刊行されている資料はすべて「福岡高等工業学校」としている）。それを明らかにしたのは、『明治専門学校四〇年の軌跡』（一九九五）という校史を独力でまとめた野上暁一（九州工業大学教授）である。

夏衍にしろ艾思奇にしろ、九州の風土が彼らに影響を与えたようには見えない。だが、単なる青春の通過点にすぎなかったか、といえばそうも言えないように思う。自らの人生を決定した社会思想を彼らはここ九州で学んだ。九州は彼らの思想の揺籃の地であった。

5　九州作家と大陸・台湾

旧植民地の文学と九州作家

日本は一八九五年台湾を領有し、一九三一年満州事変を経て三二年満州国を建てる。台湾や満州でも日本人による文学活動が展開されていたが、それにも九州出身者が関わっている。満州文壇で活躍し「祝といふ男」（一九三二）が芥川賞候補となった牛島春子《うしじまはるこ》（一九一三〜　）は福岡の人であり、北九州で左翼運動に従事し、三三年検挙された。結婚とともに満州に渡り、三七年第一回建国記念文芸賞に「王属官」が当選して満州文壇に登場した。戦後も九州文学同人として活躍した。これより前、二四年大連で安西冬衛、北川冬彦らが創刊した詩誌『亜』の同人だった詩人・滝口武士《たきぐちたけし》（一九〇四〜一九八二）は大分の人である。二四年満州に渡り、大連で小学校教師をしていたが、三九年帰国し、郷里で教師をしつつ戦後も詩作を続けた。日本統治下の台湾を文学的課題とした坂口䙥子《さかぐちれいこ》（一九一四〜　）は熊本県人である。本書では、坂口䙥子の経歴や文学について、間ふさ子が紹介している（第八章）。坂口は自らが「蕃地」（台湾の原住民居住区）に暮した体験をもとに、戦後「蕃地」に取材した小説やエッセイを書き、そのうち『蕃婦ロポウの話』（一九六三）が芥川賞候補になった。間の紹介は、坂口の文学における九州と台湾との内的な関連をも問題にしている。

満州にはまた中国人の文学グループに参加した日本人もいた。与小田隆一がとりあげている矢《や》原礼三郎《はらあやさぶろう》（?～一九五四?）がそうである（第七章）。与小田の調査によれば矢原は原田種夫、岩下俊作らの『九州芸術』と関係があった。ほかにもまだ埋もれている同じような例があるかもしれない。

日中戦争と九州作家

一九三七年日中戦争が始まった。九州と中国現代文学の関わりにも戦争が影を落とす。郭沫若はこの戦争を「理性と獣性の戦い、進化と退化の戦い、文化と非文化の戦い」（「理性と獣性の戦い」一九三七）だと激しく批判したが、その郭沫若が高く評価した日本人作家がいた。鹿地亘《かじわたる》（一九〇三～一九八二）、大分県出身である。

鹿地はプロレタリア作家として活動していた三四年検挙されたが、執行猶予となり、三六年上海に脱出した。このとき内山完造の紹介で魯迅と知り合っている。抗日戦争が起きるといったん香港に逃れるが、翌年、国民政府のあった武漢に入り、抗日運動に参加、日本人捕虜を教育して反戦同盟を組織した。妻の池田幸子《いけだゆきこ》（一九一一～一九七三）とともに種々の反戦文学活動を行い、郭沫若、夏衍、茅盾、田漢、丁玲《ていれい》、胡風《こふう》（一九〇二～一九八五）など中国の左翼作家とはば広い交流があった。特に胡風とは、鹿地が武漢到着後、通訳をしてくれた関係で親しかったという。鹿地が『改造』に翻訳した中国左翼作家の作品は、胡風が口訳したのだという。魯迅死後、改造社が『大魯迅全集』を刊行したときは、胡風の援助で雑文集を翻訳した（呂元明「在華日本反戦文学論」）。抗日戦争期の中国で《唯一肯定的に大量に紹介された》日本人作家だった（劉春英「抗日戦争期の中国における日本文学の翻訳」）。四六年帰国後は日中友好運動に尽くし、作家としても活動を続けた。余談だが、胡風もやはり日本留学生で、三一年慶応大学に入り、日本共産党員でもあった。建国後の五四年毛沢東の文芸思想を批判する文書を発表、翌年逮捕された。「胡風反革命集団」を結成したとして批判され、以後獄中にあり、七九年釈放。名誉回復されたのは八〇年である。

鹿地と反対に否定的に紹介されたのが北九州の作家・火野葦平《ひのあしへい》（一九〇七～一九六〇）だった。彼の『麦と兵隊』（一九三八）は発表後間もなく翻訳されたが、《侵略戦争をたたえた作品》（劉春英同前）という評価である。ただ山田敬三によれば『麦と兵隊』は「戦意昂揚」を意図した作品ではなく、また発表時には検閲によってずたずたにされていた。それでもそこには「日本軍の横暴ぶり」と「中国軍民の勇敢さ」が描かれており、中国の翻訳者はそこに翻訳の価値をみたという（「「戦争文学」作家の明暗」）。

6　魯迅と九州

鎌田誠一と魯迅

このほか、直接文学活動に従事したわけではないが、周辺から中国現代文学を支えた九州の関係者もいる。魯迅と深い信頼関係で結ばれていた内山完造（一八八五～一九五九）の上海内山書店に勤務し、魯迅と内山との連絡役を務めた鎌田誠一《かまたせいいち》（一九〇六～一九三四）がそうである。内山書店は上海北四川路にあり、日本の文化人から愛され、また魯迅、田漢、郁達夫ら内山の友人である中国人が出入りする書店として知られていた。鎌田誠一は福岡県糸島郡の出身で、内山書店に勤めていたが病を得て帰国、郷里で静養していた一九三四年五月、二十八歳で永眠した。

本書では、横地剛による紹介を収めている（第五章）。詳しくは本文を読まれたいが、横地の懇切な紹介によって、われわれは鎌田誠一という無名の九州人の内面世界と、訃報を聞いて「暗然」とする魯迅との「友誼」の内実を知り感銘を受けるだろう。このような「中国現代文学と九州」の関わりもまた存在したのである。

鎌田誠一は、従来九州とは無縁と考えられていた魯迅と九州を繋ぐ接点だと言っていいが、魯迅にはこのほかにも九州との縁《えにし》があった。その一つが、永末嘉孝の明らかにした長崎との関係である（第六章）。魯迅は後半生胃病、喘息、結核を患い文字通り満身創痍であった。その魯迅に長崎（雲仙）への転地療養を勧めたのが、内山書店の内山完造で、魯迅もそれを強く願ったもののようである。それが実現しなかった顚末については永末の調査を見られたい。そこにはまた魯迅と長崎の思いがけない機縁が紹介されている。もう一つは、魯迅が九州大学の講師になったかもしれないという話柄である（第九章）。これも長崎行き同様うまくいかなかったが、それは山田敬三の言うように《日本中国文学界全体にとってもとり返しのつかない損失》だったであろう。

魯迅の長崎行き、九州大学講師就任は実現しない夢に終った。だが、彼の弟・周作人は実際に九州を訪問している。もともと魯迅兄弟は白樺派に関心をもっており、特に周作人の方は武者小路実篤の「新しい村運動」に強い共感を寄せていた。「新しい村運動」は宮崎で行われた実験だった。作人はこの運動の会員であり、一九一九年にはわざわざ日向に「新しい村」を訪ねているのである。

本書では触れられなかったが、三〇年代中国の読書界に翻訳紹介された日本文学の中に福岡出身の葉山嘉樹《はやまよしき》（一八九四〜一九四五）の「海に生くる人々」（一九二六）や熊本の徳永直《とくながすなお》（一八九九〜一九五六）の「太陽のない街」（一九二九）など九州出身プロレタリア作家の作品があることも付け加えておきたい。だが、その葉山や徳永も戦争期には《中国大陸侵略の国策に順応する文学者の御用団体》（山田敬三「文学とナショナリズム――十五年戦争と日本及び中国の文壇」）に加わるほかなかった。葉山は四四年満州の開拓村に移住、敗戦後の十月帰国途中で客死している。

おわりに

冒頭に引いた《中国の近代文学はその過半を日本留学生に負っている》という郭沫若の言葉が示すように、中国現代文学の担い手たちには日本留学生が少なくなかった。序章では、その留学生グループの中心にいた九州に学んだ人々を紹介してきた。だが、郭沫若の言葉に、日本に対する肯定の響きだけを読み取っては誤りになるだろう。日本留学生たちの多くは、同時に日本の中国侵略に対する最も強烈な批判者でもあったことを忘れてはならない。

日中間の文学「交流」の歴史は、肯定面も否定面も織り交ぜながら曲折した流れを辿ってきた。序章ではそれを九州という地域に限定して、本書の内容紹介も兼ねながらトピックだけ追いながら見てきた。それは日中両国の文学「交流」史のほとんど完全な縮図であるように思う。二十一世紀の日中（ひいては対アジア）の新しい関係を築こうとするとき、この縮図は反面教師としての役割を果たしてはくれないだろうか。

（岩佐昌暲）

参考文献

本書の主題の大きな背景を解説するものとして山田敬三による「中国現代文学と日本」という一章を準備していたが、紙幅や記述の重複を考慮し割愛した。その欠を補う参考文献として、次の三冊を挙げておきたい。本章の「日中戦争と九州作家」の項はこの三冊の関係個所に全面的に依拠している。

中西進・厳紹璗編『日中文化交流史叢書6　文学』大修館書店、一九九五年、特にその第六章、山田敬三「近代文学」の項。本章の第5節に引く「「戦争文学」作家の明暗」はその一節。

山田敬三・呂元明編『十五年戦争と文学　日中近代文学の比較研究』東方書店、一九九一年、文中に引いた劉春英「抗日戦争期の中国における日本文学の翻訳」、呂元明「在華日本反戦文学論」（岡田幸子訳）、山田敬三「文学とナショナリズム――十五年戦争と日本及び中国の文壇」は同書に所収。

日本人作家については日本近代文学館編『日本近代文学大事典』（机上版）講談社、一九八四年、に拠っている。

第一章　文学者郭沫若と九州の縁

1　郭沫若、その歩み

郭沫若《かくまつじゃく》（一八九二～一九七八）は日本と深い関わりを持っていた現代中国文学の巨人であり、社会主義中国の政治家でもあった。西洋近代科学を学ぶために一九一四年に日本に留学に来たのだが、魯迅《ろじん》（一八八一～一九三六）と同じように、祖国や民族を救うために自ら選んだ医学を止めて同胞の心を救う文学に転じたのである。現代中国の文豪として、魯迅の次に挙げられる存在と思われている彼は大学時代から盛んな文学活動をはじめたのである。一高特設予科に一年間、その後岡山六高に三年間、さらにその後福岡にある九州帝国大学医学部に四年七ヵ月留学していた彼にとって、高校卒業までの四年間は文学者としての素養を蓄積していた時期だった。本格的に文学活動を開始したのは九州に来てからだった。彼は新体詩の創作から頭角を顕わし、国内の

写真１　医学部実験室にて

詩壇を震撼させた処女詩集『女神』をもって詩人の地位を獲得した後、詩劇、歴史劇、小説および文芸評論のジャンルに発展させた。そういう意味で、九州帝国大学に留学していた頃は、彼がごく普通の医学生から文学者への道を歩み、九州という異国の風土の中で徐々に知名度の高い文学者に成長していく極めて重要な時期だった。

郭沫若は九州帝国大学医学部で医学士卒業を果たしたものの、生涯一度も医者の職につくことはなかった。大学時代から一人の文学者として文学の創作のみならず、一九二〇年代の初め頃に登場し、既成文壇に大きな刺激を与えつつ中国現代文学の発展に大きな変化をもたらした在日帝大系留学生の文学者グループ——創造社——の文学活動の中でもリーダーシップを発揮していた。一九二三年三月、大学卒業後家族を連れて帰国して文学の道を歩もうとしたのだが、予想できなかった国内の厳しい現実の壁にぶつかり挫折してしまった。文学活動を続けるために帰国後定職につかなかった彼は、活路を探し求めようと一九二四年の春に母校のある博多湾に戻った。以前から好きだった生理学の研究をさらに深めていくためでもあるが、国費の再度申請が失敗に終わったのである。日本人妻佐藤とみ（一八九四～一九九四）と三人の子どもを抱えていた郭沫若は糊口のために翻訳をはじめた。八月上旬までに河上肇（一八七九～一九四六）の『社会組織と社会革命』とツルゲーネフの『処女地』（一九二五年六月、上海商務印書館出版）を完訳した。前者の翻訳は彼の思想に劇的な変化をもたらした。

生理学研究を断念せざるをえなかった郭沫若は一九二四年十一月、帰国する前に佐賀県富士町にある熊の川温泉と古湯温泉に家族と一緒に一ヵ月くらい滞在したことがある。田舎の温泉旅館に泊まる金もなく、地元の農家が提供する格安の「貸間」で自炊暮らしをしながら数多くの自叙伝小説を書き上げた。

一九二五年以後、郭沫若が率いる創造社は思想的には左に急旋回しはじめた。彼らはプロレタリアの時代の到来を宣告すると共に、文学においても五四以来の「文学の改良」や「文学の革命」に対して、斬新の時代に相応しい「革命文学」の確立を呼びかけたのである。一方、彼らは自らの「プチブルジョア的性格」を克服するために、従来のような執筆活動のみならず、「工場に行こう！」、「軍隊に行こう！」、「農村に行こう！」と呼びかけ、社会的活動にも積極的に身を投ずるようになった。こうした中で、革命新政権の下にある国立広東大学で文系院長を務める郭沫若は率先して北伐革命軍に従軍し、それまで持っていた「文学救国思想」の政治的、社会的実現を求めようとしたのである。

ところが第一次国共合作の失敗をもたらした一九二七年の「四・一二クーデター」が起きた

後、北伐軍総政治部主任に昇進した郭沫若は総司令官蒋介石の分裂行為に対する不満が炸裂し、「今日の蒋介石を見よ」という檄文を複数の新聞に発表して、蒋をはじめとする国民党右派の裏切り行為を暴いた。このような最高司令官に対する糾弾は「謀反」行為として罪を問われたために、郭沫若は国民党政府および北伐軍内のすべての職務を解任され、そして懸賞金付き指名手配を受けて追われる身となったのである。

一九二八年二月、逃亡生活を余儀なくされた郭沫若は家族を連れて妻の母国である日本に亡命した。千葉県市川市須和田に住み着いた彼はそれからの十年間、憲兵と外事警察の二重監視下に身を置きながら、中国古代史研究に没頭し、『中国古代社会研究』をはじめ、『甲骨文字研究』、『殷周青銅器銘文研究』、『両周金文辞大系』、『金文叢考』、『金文余釈之余』、『卜辞通纂』、『古代銘刻彙考四種』、『古代銘刻彙考続編』といった古文字学および考古学の領域における画期的な研究成果を上げた。

一九三七年七月七日の「盧溝橋事変」勃発直後、日中関係が日々緊迫化する中で、郭沫若は警察の監視の目を潜りぬけ、愛する妻と子供たちを敵国に置いて日本を脱出することに成功した。

一九四九年の社会主義中国誕生後、建国の功労者である郭沫若は中華人民共和国政務院（現在の国務院の前身）副総理、中国科学院院長、中華全国文学芸術界連合会主席、中日友好協会名誉会長などの要職を務めてきた。彼は自伝『創造十年』等の中で母校九州帝国大学の留学生活にしばしば言及し、学生時代は《西洋の本を読み、東洋人の蔑視を受けていた》と回顧する一方、世話になった多くの恩師の名前を挙げて感謝の気持ちを書き残している。

一九五五年十二月、郭沫若は中国科学訪日科学視察団を率いて十八年ぶりの日本に足を踏み入れた。訪問中、彼は博多を訪れ、かつての恩師たちと三十一年ぶりの再会を果たしたのである。その時彼はすでに定年退職していた病気の恩師中山平次郎（一八七一～一九五六）先生を見舞い、九州大学医学部大会堂に集まった教師と後輩の前で心を打つ謝恩演説を行った。

《……わたくしは母校から、母校の先生方から、人類を愛する、人民を愛する精神を学び、医学の勉強を通して人類を愛する精神を学んだ》と。

2　郭沫若と博多

郭沫若は一九一八年の秋に九州帝国大学医学部に進学した。当時は今のように「～大学医学部」というのではなく、「九州帝国大学医科分科大学」と呼ばれていた。九州にある帝大を選んだ理由について、彼は一九四二年に《博多に元代戦場の旧跡があるのでわたしは九大を選んだ》と吐露し、《わたしは福岡にかれこれ五年も住んでいた。医科は卒業したものの、ついに文学の道を歩んだ。こうなった原因として、聴覚がだめだというのは一つ挙げられるが、博多の自然が詩的情緒に富んでいたというのはもっと重要な原因だろう》と認めている。

これは郭沫若が一九四二年に書いた「博多の追懐」にある一節である。郭沫若は博多の思い出を数多く書き残している。「自然の追懐」、「博多の追懐」、「創造十年」、「孤鴻」、「海外帰鴻」などがその一部であるが、留学生の彼は博多湾をどんなふうに見ていたのだろうか。

一九三二年日本亡命中に書かれた自伝『創造十年』と十年後抗日戦争中に書かれた回想記「博多の追懐」の中に、このような描写がある。

福岡は日本西南端にある九州という島の中心都市で、その島の北端の、博多湾の海岸に沿ったところにある。市街は二つの古い市が合併したもので、西の方が福岡、東の方が博多となっている。大学の医学部は博多市外にあり、裏が博多湾だ。この博多湾は歴史上有名なところで、六百五十年前元の世祖胡必烈の大将軍である範文虎が日本を征伐した時、台風に遭ったため元軍が全滅した場所だった（日本の史家は「弘安の役」と呼んでいる。西暦一二八一年にあたる）。当時の遺跡は海岸一帯には少なくなく、いわゆる「元寇防塁」、「元寇ギロチン」、「元寇記念館」がある。兵器や着用する器具といった元軍の遺留物の類が記念館内に納めてある（『創造十年』）。

ここは元軍が日本に迫って来た時の古代の戦場だった。日本海沿岸には毎年の夏が終り秋が訪れようとする時に必ず台風が来る。普段穏やかで静かな博多湾はその時沸騰するように荒波が立つ。元軍は正にその時日本征服を図った。船を博多湾に泊めたので、元軍は全滅だった。その時の防塁は数箇所今でも岸に残っている（「博多の追懐」）。

岡山六高を卒業する際、進学先を博多にある九州帝国大学に選んだのは、前からそこに元代戦場の旧跡があると知っていたからだと本人は振り返っているが、『三葉集』によれば、元軍襲来に関する詳しい史実は、実際は、福岡に到着した日の夕方、下宿を探した時に箱崎松原海岸で《一人の先生が小学生の生徒たちに囲まれて、手振り身振りでこの砂浜で話していた》のを聞いて初めて知ったのである。そして同じ日に、彼は箱崎海岸の近くに東公園があることと、元軍が日本に迫ってきた当時の亀山上皇と日蓮上人の銅像がなぜ東公園の中にあるのかということも知るようになったということだった（三月三十日、宗白華宛書簡）。つまり、郭沫若にとって、博多湾の第一印象は古戦場だったらしい。

3　博多湾の海と郭沫若の詩

郭沫若は九州帝国大学医学部に留学した四年七ヵ月、経済的な原因で五回も転居を余儀なくされた。にもかかわらず、彼は一度も千代の松原海岸から離れたことはなかった。それには様々な理由が考えられるが、やはり彼の中で博多湾の存在が大きかったからではないか。

そもそも郭沫若という人は四川省の楽山という中国の内陸部出身の男だった。日本に留学にやってきた彼には「海」という概念を理解しない時期があった。はじめて海を見たのは朝鮮半島最南端の釜山から日本に渡る船の中だったが、山から来た彼はひどい船酔いでおそらく海という自然に対して好印象を持っていなかっただろう。しかし彼はその年千葉県房州の有名な静養地である北条海岸で夏休みを過ごし、しかも海水浴場で泳ぐことを覚えた。そのときから海に関心を持つようになった。

飛来スルハ何処ノ峯ゾ、海上ニハ艨艟布シ。
地形渤海ニ同シ、心事遼東ニ繫グ。

鏡浦平ラカナルコト鏡ノ如シ、
波舟蕩月明シ。
遙カニ持ツ一壺ノ酒、
載セテ島頭ニ至リテ傾ケル。

右に引用した郭沫若の旧体詩はいずれも一九一五年の夏、房州の北条海岸で作られ、そして「自然の追懐」という回想記に発表されたものだ。海によって郭沫若の脳裏に投射されたものに変化があることが分かる。最初は海といえば船、船といえば軍艦、軍艦といえば戦争、といった錯覚や幻覚による怖いイメージの連想みたいなものだったが、そのうち酒を持って月夜に鏡のような綺麗な海にボートを浮かべる、というふうに海の美しい姿に魅せられて我を忘れる叙情的なものに変わったのである。しかし、これは海の夏の顔にすぎず、郭沫若にとっては、初歩的な印象にすぎなかった。

郭沫若は「天下の秀を極めた」といわれる標高三、〇九九メートルの峨眉山の麓に生まれ育った。少年時代の記憶には故郷の自然といえば、「聳え立つ峨眉山の陰影」と「氾濫する大渡河の恐ろしさ」しかなかった。こうした空高く聳え立つ山とごうごうと渦巻きながら流れる大河のそばで育った彼は数年後美しくて幻想的な博多湾の海と出合い、そしてそこで彼の最も著名な詩集

『女神』と『星空』を生み出すこととなる。
福岡に来るまでの郭沫若にとって、「海」といえば、岸から沖までの海のイメージしかなかった。博多湾の海を目にするまで彼はほぼ毎年房州の北条海岸で夏休みを過ごしていた。そこは同郷の友人たちと共に過ごした思い出があるし、愛する日本人妻佐藤とみと最初にデートした記念すべき場所でもあった。《北条の鏡ヶ浦は風のない時まるで鏡のようだ》（「自然の追懐」）、夏という季節のせいなのか、海はいつも穏やかで鏡のように波一つ立たないのだ。
ところが、六高に入ってから郭沫若は瀬戸内海を知った。一度だけ創造社同人の成仿吾《せいほうご》（一八九七〜一九八四）と瀬戸内海を遊覧した後、次のような感想を書き残した。

錦絵というものが日本に生まれたのはおそらくこの瀬戸内海のお陰だと思う。中国といえば、巫山の山峡で、日本といえば、瀬戸内海だ。いずれも自然界の霊境である。もしも山峡の険阻峭抜さと雄雄しさを以って北欧の悲壮の美に譬えて湛えることができるなら、瀬戸内海の明朗秀麗さと精巧さを以って南欧の優雅の美に匹敵させることができよう。

瀬戸内海を絶賛したとはいえ、湖のように何一つ変化のない瀬戸内海はやはり郭沫若の性に合わなかったのか、六高在学中の三年間、夏休みになると、近くの瀬戸内海を見ずに必ず遠くにある房州海岸に行っていた。
一九一八年九月、郭沫若は九州帝国大学に進学した。岡山にいた時と違って、福岡に来てから市内ではなく、美しい自然に囲まれる博多湾に下宿を借りた。古来有名な千代の松原に身を置き、幻想的な博多湾を目の前にして暮らすようになってから、彼の中にある「海」のイメージが大きく変貌しつつあったのである。

九大は九州という島の博多湾に位置する。暖かいため、桜の開花は東京や京都より一ヵ月も早い。その鏡のような、波ひとつ立たぬ博多湾は一本の極めて細い土手—海ノ中道によって外の海と隔てられた。まるで大きな湖みたい。海岸沿いには福岡市の街や市場を除いて、眩しい白い砂浜と青々と茂る十里の松原があるので、ほんとうに景色がわるくないのだ（「博多の追懐」）。

これは郭沫若が福岡にやってきた当時の印象だった。日本海は初めてだった。それまで観察できなかった光のイメージが海のイメージと合体し、郭沫若の視覚神経を刺激した。福岡に来た最初の夏、彼が博多湾で目にしたのはそれまで見たことのない「光の海」だった。

坊ヤヨ！　御覧ヨ、アノ海ノ銀ノ波ヲ。
夕日ノ中ニ光ッテヰル海ハ磨イタヤウデセウ。
坊ヤヨ！　御覧ヨ、アノ西ノ山ノ山影カ紗ヲ着テヰルノヲ。
坊ヤヨ！　オ前カアコホニ海ノヤウニ光リアイ。
ナニ山ノヤウニ清イ身体ヲ心ニナッテ頂戴ヨ。

これは郭沫若が発表した最初の口語新詩「児を抱いて博多湾に浴す」（初出、一九一九年九月十一日、上海『時事新報』）である。小倉章宏という日本人が天津の日本人租界で発行していた日本語月刊誌『日華公論』六―三（大正二年八月創刊）は一九一九年十月にこの詩の日本語訳を掲載した。右に引用したのはその日本語訳である。発表当時、知己の友だった田漢《でんかん》（一八九八～一九六八）はこの詩を「純真の詩」と賞賛している（『三葉集』）が、田漢を魅了したその「純真」さはいったいどんなものだったろうか。

息子は新月を見る、
遥かなる空を指す。
我が子の魂が飛んでいき、

月の都で遊んでいるのを知る。

息子は晴海を見る、
息子は海のうなり声を真似する。
我が子の心が漂い、
血潮が海と満ち引きを共にするのを知る。

何故か「児を抱いて博多湾に浴す」とこの「新月と晴海」との間は見えない何かで繋がっているようにわれわれは強く感じずにはいられない。この見えない何かというものを「純真なこころ」と呼びたい。海と空、父と子、ドラマチックな情緒の変化もなければ、意図的な美的表現も皆無である。会話は言葉にならぬが、詩情は読者のこころに伝わってくる。

つぎに引用する「死の誘惑」と「博多湾の海瑠璃《るり》色」という歌も同じであるが、われわれはまさにこのような穏やかで淡泊な博多湾の光景に透き通るような人間のこころの存在と命の躍動を感じている。

ぼくのナイフは

窓辺に倚ってぼくに微笑む。
彼女は笑いながらぼくに言う、
沫若、くよくよすることはないわ！
早くおいで、わたしにキスしなさい、
あなたの悩みを取り除いてあげるわ。

窓の外の青い海も
絶えずぼくに呼びかけている。
彼女はぼくに叫んでいる、
沫若、くよくよすることはないわ！
早くおいで、わたしの胸に抱かれなさい、
あなたの悩みを取り除いてあげるから。

（「死の誘惑」）

博多湾ノ水　碧ノ瑠璃
白帆片々　風ニ随テ飛ブ

願ハクバ舟中ノ人ト作《ナ》リ
酒ヲ載セテ明輝ニ酔ハン

（「博多湾の海瑠《る》璃《り》色」）

一定のリズムで岸を打つ波の囁きを聞き、青い海をじっと眺めると自分が吸い込まれそうになるような、《願ハクバ舟中ノ人ト作《ナ》リ、酒ヲ載セテ明輝ニ酔ハン》という心境はまるでこの世の中と違う別の世界にあるもので、そのシュールレアリスティックな性格はほかでもなく、インドの詩人タゴール（一八六一～一九四一）の神・自然・人間融合論に由来しているのだろう。

このような静かで温和な海のイメージを生かした清純な作品は郭沫若が博多湾で書き上げた『女神』と『星空』という二冊の詩集の中に数多く見られる。この類の詩にはタゴールの詩風の影響が非常にはっきりと滲み出ている。その一つは作品から伝わってくる純潔無垢な情緒であり、今一つは平易な表現に隠された読者のこころを打つ感情のリズムだと言えるだろう。

このような純情無垢な詩情はずっと郭沫若の心の中で蓄積され、福岡に来て新聞で発表するチャンスをつかむと一気に噴出されたのである。このようなものは、郭沫若はタゴールの作品に出合う前に書いたこともなければ、ゲーテ（一七四九～一八三二）の影響を受けてからは二度と書けなかった。平凡な日常生活から材を取った清新淡泊な詩は天地異変、神話伝説、英雄崇拝に取材し、豊かな想像と幻想に富んだ『女神』の主な傾向と大きく異なっている。一方、その内在的なリズムと感情の自然的な流出を重視し、詩を伝統の形式から解放する意欲的な試みは、《情緒のあるリズム、情緒のある色彩こそ詩である。詩の文字は即ち情緒自身の表現である》（『三葉集』）という彼の初期詩歌観を如実に反映している。

一九一九年九月、博多湾で暮らしている郭沫若は九州に来てから生まれてはじめて「二百十日」に来襲した大型台風の獰猛な姿を目撃することとなった。そのとき、彼は見たことのない海のもう一つの顔を見て詩情を触発されたのである。

無数の白い雲が空中に湧き起こりつつあり、
ああ、なんと壮麗な北極海の場景だろう！
果てしない太平洋が渾身の力で地球を押し倒そうとしている。
ああ、わたしの目の前にやってきた逆巻く大波よ！
ああ、絶えざる破壊、絶えざる創造、絶えざる努力よ！
ああ、力よ！　力よ！
力の絵画、力の舞踊、力の音楽、力の詩、力のリズムよ！

（「地平線に立って叫ぼう」）

オレは天の狗だ！／月を丸ごと呑み、／太陽を丸ごと呑み、／星という星を呑んでしまい、／宇宙のすべてを呑み込んでしまった。／オレはオレになった！

オレは月の光だ、／オレは太陽の光だ、／オレ星という星の光だ、／オレはX光線の光だ、／オレは全宇宙のエネルギーの総量だ！

オレは疾走する、／オレは狂吼する、／オレは燃焼する。／オレは烈火のように燃える！／オレは大海原のように狂吼する！／オレは電気のように疾走する！／オレは走る、／オレは走る、／オレは走る、／オレは自分の皮を剝ぐ、／オレは自分の肉を喰らう、／オレは自分の血を啜る、／オレは自分の心臓と肝臓を嚙る、／オレは自分の神経の上を疾走する、／オレは自分の脊髄の上を疾走する、／オレは自分の脳髄の上を疾走する。

オレはオレだよ！／オレの中のオレは爆発しそうだ！


（「天の狗」）

太陽が南中した！
涯しない太平洋が男性的な音を打ち鳴らしている！
森羅万象よ、円い空間で踊っている、
わたしはこの中で浪と遊ぶ！

わたしの血は海の浪と同じように脈打つ。
わたしの心は太陽の火と同じように燃える。
わたしの生まれてこの方の垢や汚れは
とっくに洗い清められた！
わたしは今や脱皮した蟬となって
この激しい太陽の光の中で大声で鳴いているのだ

太陽の光の威力は
この全宇宙を溶かしてしまいそうだ！
兄弟たちよ！　早く
早く来て、浪と遊べ！
我らの血潮が脈打っているうちに、
我らの心の炎がまだ燃え盛っているうちに、
早く古びた形骸を
徹底的に洗い清めよう！
新社会の改造は

すべて我らにかかっているのだ！

（「海に浴す」）

青々とした大海原、大波が沸き立ちながら東に押し寄せていく。
四方に光を放ちながら、現れようとしている――新生の太陽！

（中略）

太陽よ！　いつまでもわたしの前を照らしてください、わたしは後戻りは絶対しない！
太陽よ！　わたしはあなたから目を逸らしたら周りが真っ暗になる！

（「太陽礼賛」）

目の前に変幻する海から刺激を受けたおかげで、自然を観察する目が変わってしまい、「鏡のような海面」、「光っている海」、「新月」などといった長閑な自然のイメージに代わって、「怒涛の逆巻く大海原」、「四方に光を放つ太陽」のようなスケールの大きくて強い生命力を感じさせるイメージが次々と作り出されたのである。言ってみれば、郭沫若はこのような斬新な海のイメージから旧世界を打ち砕く破壊力と、苦境を生きぬき、新しい世界を創造するパワーを手に入れたのである。

前に引用した「地平線に立って叫ぼう」、「天の狗」、「海に浴す」のような作品のほかに、同じカテゴリーに入るともいうべき「鳳凰涅槃」、「おはよう！」、「匪賊への歌」そして「オレは偶像崇拝者だ」といった名作がよく知られている。詩想のスケールといい、表現の力強さといい、視覚、聴覚に与える刺激といい、太陽より月、大海原より川や湖、日の出より日の沈みといった感傷を好む伝統をもつ中国国内詩壇にとって耐えられぬ衝撃となったのは無理もない。

4　郭沫若と九州の風物

文学者郭沫若は生前九州の博多湾を自分の第二の故郷だと言い続けてきた。そこで生活した五年あまりの間、彼はこの町を愛し続け、月日が何十年経っても博多湾在住時の思い出を書いている。

彼の書き残した詩や小説、およびエッセイと自伝の中には、博多湾の海のみならず、門司港、大宰府、筥崎宮、東公園、千代の松原、放生会、西公園、抱洋閣、松原海岸、今津の元寇防塁といった歴史の古い北九州や博多の風物に関する記録と描写が沢山見られる。

次にそれらの記述の一部引用をまじえて、当時の彼が異国九州の町の風物をどんなふうに見ていたのかを検証してみたい。

博多湾の白い砂浜と千代の松原

さわやかな風が時々吹いてきて、海水が岸辺を打つ音が聞こえてくる。海辺には沢山の無人漁船が浮かんでいて、まるで鴎のように風に漂っている。直射日光を受けない海水は見渡すかぎりエメラルドグリーンで、岸から離れていけばいくほど色の濃さが異なっていく。細かく分ければ、五つか六つの層に分けられる。最も遠いところはいささかバイオレット色を帯びた群青色となっている。海ノ中道はいつも知り尽くしている山は靄に遮られて、混沌としていくつかの影らしきものしか見せない。遠方の帆船も海上の霧に包まれている。

海辺の砂浜には沢山の漁船が並んでいる。わたしはしばしば本を持ってきて中で昼寝をする。わたしは「inspiration is born of idleness」を信じている。私の作品の多くもここでうまれたのだ。湾内は異常なほど静かで、房州の鏡ヶ浦を彷彿させる。海というよりもむしろ湖といった感じだ。何故ならそれは外の海との間の入口は船に乗って見に行ったわけではないが、岸から眺めると二丈ほどしかないからだ。南端には海ノ中道という一本の細長い土手がある。嘗て頼山陽（一七八〇～一八三二）がここに訪れたときここの景色を絶賛したという。私も去年一度そこに足を運んだことがある。ツツジが満開の季節だった。行く道には沢山の松の木の苗を見た。小高い砂山と真っ赤なツツジは青々と茂る松の木と白い砂浜との間に点在し互いに映えて変わった趣がある。道では海が見えるが、狭いところは二、三丈しかなく、志賀島はその土手の終点にある山だ。島とはいえ、実は土手と繋がっている。……
　北端の土手には山がうねり、その名は知らない。中には形が富士山に似ているのもあるが、土手ではなく、もっと遠いところにあるようだ。時々日がその付近に沈む。その時必ず紅霞が空に満ち溢れ、海がワインの色になる。青々とした松林から眺めると、山の頂も海もディオニソス（ギリシア神話にある酒神）たちが踊っているようだ。まるで宇宙全体が赤くなったようで崇高美プラス悲壮美だ（「一九二一年十月六日、郁達夫《いくたっぷ》（一八九六～一九四五）宛書簡」）。

　郭沫若は博多湾で鮮血の色に染まった空と海を見て衝撃を感じたのか、その鮮烈なイメージが彼の詩にも表現されている。中国の伝統詩には夕日を賛美する作品が数え切れぬほどあるといっても過言ではないが、郭沫若の描いた粗野でかつ狂暴な夕日は彼が前人未到の境地に到達したことを物語っている。

全宇宙はすでに赤くなった
熱烈な爆弾よ
地球の頭は打ち破れた
血は空に飛び、空も赤くなった

血は海に流れ、海も赤くなった
地球は間もなく滅びるだろう
踊れ、ディオニソス
早く地球の葬儀の歌を歌え！

（「無題」）

北九州の近代化港湾都市——門司——

福岡在住の間、郭沫若は帰国する際ほとんど門司—上海間を運行していた日本郵船の定期客船を利用していた。東京に行って文学愛好者の仲間を招集して創造社を創立した際も門司からフェリーに乗って関門海峡を渡り、そして下関で汽車に乗り換えるルートを取っていた。当時九州管内を運行する鹿児島本線は福岡市外の区間では千代の松原を潜り抜けるように箱崎海岸の近くを走っていた。郭沫若の下宿は松林に覆われる箱崎駅まで徒歩僅か五分ほどの距離だった。彼は福岡在住の間何度も箱崎—門司間を鹿児島本線で往復していた。

門司港は関門海峡を望む天然の良港である。現在九州最北端に位置する北九州市にあり、古くから交通の要衝としてのみならず、大正時代にはすでに国際貿易港として広く知られていた。

郭沫若は「残春」という自叙伝小説の中で門司を次のように描いている。

門司は九州の北端に位置し、九州諸鉄道の終点だ。九州を一枚の葉脈の張った木の葉に譬えるなら、南北を縦に走る諸々の鉄道は葉脈であり、門司は葉柄の末端、つまりそれぞれの葉脈の集まるところだ。汽車で北上しようとする人はみなここで下車しなければならないし、日本本島、または朝鮮に行くならここで海路に切り替え下関か釜山に向かわなければならない。

一九二〇年七月十日、郭沫若は福岡の苦しい生活に耐え切れず、たとい小学校の教師でもいいから帰国して安定した職に就こうと決心して門司に寄っている。その時彼は門司市（当時）の北端にある筆立山に登って、門司港を囲む近代化工業地帯を一望に収めて勃興しつつある日本資本主義の近代物質文明を絶賛したことがある。「筆立山頭展望」はその時に書かれた詩である。

大都会の脈拍よ！
命の鼓動よ！
……
万物共鳴のシンフォニー
自然と人生の婚礼よ！
曲がっている海岸はまるでキューピットの弓のようだ！

人間の命の矢は沖に向かって放たれている！
薄暗い入り江、停泊している汽船、進んでいる汽船、数え切れぬ汽船、
すべての煙突は黒い牡丹の花を咲かせている！
ああ、二十世紀の名花よ！
近代文明の厳母よ！

筆立山は現在福岡県北九州市門司区にある。明治のころまで「筆架峰」とも呼ばれており、もともと筆立てのような形をしたいくつかの緩やかな山の総称だったようだ。筆立山自体は高さわずか一〇〇メートルほどの小さな山だ。左側に連なり、比較的に尖がっている古城山という山が聳え立っている。頂上まで辿りつける道は筆立山にはあるが、古城山には見当たらない。郭沫若は「残春」の中で筆立山のことを《逆さまになっている感嘆符》のような《尖がっている高峰》と描写し、《山頂に古木がこんもりと生い茂っていて、〝天下奇観此処にあり〟という好事家が立てた木の札があり、観光客が休むための茶店や酒店もある》と記しているが、今の山頂は雑木林に覆われているため、窮屈で客が店で酒やお茶を飲んでくつろぐような昔の風情は想像しがたい。《逆さまになっている感嘆符》のような《尖がっている高峰》と書かれたのは、強いインパクトを追求するための創作によるものだったかもしれない。さもなければ、郭沫若の記憶違いで

あろう。

しかし、このような筆立山の頂上に立って、生い茂る木々に遮られた山の麓を除いて、遠望するなら郭沫若が登った時とほぼ同じ自然風景が見られる。旧門司港駅を真正面に据えて見ると、近代港湾都市の門司は真下から左手側に広がって行き、右手には関門海峡が横たわっている。無論、視線を一八〇度変えたら、山の裏側には遥か彼方にある瀬戸内海や点々として散らばっている小さな島々を一望に収めることもできる。

一方、無数の貨物運搬船が関門海峡を頻繁に行き来する場面から「大都会の脈拍」と「生命の鼓動」を感じた郭沫若は、煙突からもくもくと排出される黒煙を見てこれこそ日本の近代化工業の発展と繁栄だといわんばかりに、二十世紀近代物質文明の「黒い牡丹」のようだと讃えた。長い封建社会の終焉を迎え、西洋に倣ってやっと富国強兵への道を歩み始めた二十世紀の一〇年代には、やはり資本主義社会の都市文明そのものを賛美する詩が少なかったからだろうか、この「筆立山頭展望」は一九二〇（大正九）年頃の門司港の風景を描いているにもかかわらず、郭沫若が創ったということで「中国現代都市詩の先駆的力作」として位置づけられている。

九州一の名所旧跡「大宰府」

九州福岡にある大宰府と関わりのある中国現代文学者といえば、まず詩人の郭沫若と劇作家の田漢の名前が思い浮かぶだろう。郭沫若は一九一九年九月上海の有力新聞『時事新報』の編集者宗白華《そうはくか》（一八九七〜一九八六）に新体詩の才能を買われて同紙の副刊『学燈』に詩を発表しはじめた。そして宗の紹介で東京高等師範学校に留学し、国内の新文学界ですでに有名になっていた『少年中国』というグループの中堅人物田漢と文通をほぼ半年間続けていた。彼ら（郭、田、宗）は互いに慕い合いつつ、当時中国の青年にもっとも関心のあった自由恋愛の問題や自分の文学観を忌憚なく披露し、文通による意思の疎通と文学観の交流を行っていた。その後彼らはその半年間の書簡をまとめて出版したのだが、それが中国現代文学史上有名な『三葉集』である。

福岡からそれほど離れていないところに大宰府がある。大宰府の名前は中国の史書にも見られるが、それも元軍の襲来で名を得たのだ。梅の花が多いということで観光名所になった（『博多の追懐』）。

郭沫若がはじめて大宰府に訪れたのは一九二〇年一月末だった。彼はそのときの感想を詩に書き、東京の田漢に送った。

……

梅の花の名所と聞いたが、
なんだ、池の水もただの止水ではないか。
何匹かの鯉が泳いできて、
ぼくにこう囁いてくれた。
「春の便りはまだ来ていない、
梅の花も咲く気はない」と。

神社の中の銅馬、
まだ昨夜の露をかぶり、
鳩は絶えずクー、クーと鳴く。
鳩たちよ、お前らにも悲しいことがあるかい？
……
わたしの安娜よ！　私の和よ！
お前らは家にいるのか？
お前らは市内にいるのか？
お前らは私のことを案じているのか？

後にこの詩は「登臨」という題名で発表された。初出のそれには「独り大宰府に遊ぶ」というサブタイトルが付いていた。

一九二〇年の正月は妻の第二子妊娠八ヵ月目の時であり、また彼が大量の新体詩の発表で国内の新詩壇で名声を築き上げ、一層詩の材料がほしい時期でもあった。その時彼は大宰府の存在を聞きつけて福岡から一人でやってきた。

詩の創作の材料を得るためだったが、彼が書いたとおり、一月の大宰府は観梅の名所とはいえ、まだ冬の寒気に包まれて春の兆しすら感じられない。天満宮にある銅馬は夜露に濡れ、鳩は悲しい声で鳴き、池は流れのない止水、郭沫若はこれらの冬のイメージを振り切るために梅林の裏山に登った。寒さの中一人寂しくなったのか、結局家庭に束縛されるのを嫌がって勝手に家を飛び出したことを後悔し、家族のことが心配になって仕方なく帰途に着いた。

ところが、二ヵ月後東京から訪ねてきた田漢を大宰府に案内した時、郭沫若は『女神』の中でも名作といえる「梅の下の酔い歌」を書き上げたのである。

一九二〇年三月下旬、田漢が東京からわざわざ郭沫若の下宿を訪ねてきた。二十二日に郭沫若は彼を九州一の観梅名所大宰府や桜で有名な福岡市西公園に連れていった。大宰府に行く汽車の中、二人が大声で詩を暗誦したり、はしゃいだりしていたとき、郭沫若の手から乗車券が風に飛ばされてしまった。それを拾うため彼はとっさの判断で汽車の窓から飛び降りたが、乗車券を見つけた時汽車はもう走り去った後だった。おかげで彼は雑餉隈《ざっしょのくま》から二日市まで五マイルも鉄道に沿って歩くはめになった。このことは、大宰府の境内で郭沫若が入口にあるブロンズの牛に乗り、田漢が青銅の麒麟に寄りかかって自分たちを李耳（老子のこと）と孔子に喩えて大いに抱負を語ったエピソードと同じように『三葉集』出版後、中国現代文学史上の語り種となった。

二度目の大宰府訪問は郭沫若の詩作に意外な収穫をもたらした。時期は三月だから、《梅の花はだいぶ散ってしまい、春の息吹がすでに感じられるようになって、万物は燃えているようだ》（『三葉集』）。

梅の花！　梅の花！
僕は君を賛美する！　僕は君を賛美する！
君が自らの中より
ほのかで清らかな自然の香りを吐き出し、
美しい花を咲き出してくれた。
花よ！　愛よ！
宇宙の精髄よ！
生命の源よ！

もしも春に花が無く、
人生に愛が無ければ、
どんな世の中になるだろう？

梅の花！　梅の花！
僕は君を賛美する！　僕は君を賛美する！

僕は僕自身を賛美する！
この自己表現の世界を賛美する！
君はもはや存在しない。
僕ももはや存在しない。
古人も
異邦の名所も
すべての偶像は僕の前で崩壊していく！
砕けよ！　砕けよ！　砕けよ！
喉が破れるまで歌おう！

この詩の中で、郭沫若は生きとし生けるものを育む自然の力を「生命の源」と呼んでいた。それさえあれば、春には万物は必ず蘇ると彼は信じてやまなかった。結婚が人生の墓場だと失意を感じた彼は、こころの傷を癒してくれるものを捜し求めるために二ヵ月前に一度大宰府にやってきたが意に沿う収穫は得られなかった。しかし今度は春の日差しの中で彼はそれを見つけた。すっかり意気消沈していた彼は大いに鼓舞され人生に立ち向かう勇気を手にしたのである。

筥崎宮・千代の松原

福岡市にある筥崎宮は大分県の宇佐神宮・京都府の石清水八幡と並ぶ日本三大八幡の一つで、社殿に掛かる「敵国降伏」という四文字は、蒙古襲来の時に亀山上皇の直筆を拡大したものとされている。正月三日の勇壮な玉せせりや九月十二日から十八日までの「放生会《ほうじょうや》」などは地元の人々やわざわざ見物にやってくる遠方客でにぎわっている。特に秋の訪れを告げる「放生会」は有名である。博多の三大祭りの一つとして筥崎宮の「放生会」は悠久たる歴史を有する。生くとし生けるものの命を慈しみ、殺生を戒める神事で千年以上の歴史があるとされる。「放生」とは、中国も日本ももともと一般には捕らえていた鯉や鳥などを逃がす仏教系の儀式として古来から広く知られている。日本では、明治の神仏分離以降は、仏事を廃止した神社が多い中、筥崎宮の「放生会」は博多の伝統祭りの一つとして受け継がれてきた秋の風物詩である。

郭沫若は学生時代から仏教の消極的な処世態度に反感を抱いているためとくに仏教の教義などには関心を示さないが、筥崎宮の「放生会」の賑わいを日本独特のお祭りとして見ていた。そしてその情景をエッセイや小説の中で何度も描いたことがある。箱崎海岸から筥崎宮の正殿までの参道は今風に言えば、「屋台」や「露店」に埋め尽くされ、叩き売りの叫び声、カルメラの姿造り、焼きイカ、サザエのつぼ焼きの匂いが漂う中、金魚掬い、輪投げ、子どもたちは遊びに夢中で帰りを忘れる……。

郭沫若の自伝の中で、筥崎宮のことは比較的によく触れられている。中でも詳しく描写したのは『創造十年』である。彼は岡山六高から福岡にある九州帝国大学に進学しに箱崎海岸にやってきた時の思い出を次のように綴っている。

松原の中には、大学の裏門から近いところに大きな神社がある。箱崎神社といい、日本人の守護神八幡大明神を祭っている。……日本の神社には等級がある。官僚には階級があり、学校には学級があるのと同じだ。この箱崎神社は「官幣大社」にあたり、学制を以って譬えるならいわゆる「国立大学」だ。神社は海に面しているが、海岸までは五、六百歩ばかり歩かねばならない一本のまっすぐの参道となっている。両側は松林であり、参道沿いには無数の石燈籠が向かい合って並んでいる。

神社前は大きな松の木が聳え立っている。大半は樹齢が百年以上もあろう。木陰に茶屋が二軒あり、木の下に畳を持ち込み、さらに座布団を置いてお客さんが休憩する場所を提供している。神社の玄関は古色蒼然として、屋根には白い鳩が巣を築く。玄関のそばには井戸を覆い被さった屋根つき部屋があり、清水が湧き出て参拝客がそれを汲んで手を清める。鳩たちは時々屋根から飛び降りて参拝客が投げる餌を啄ばみ、時々井戸端で水遊びをする。

文中の「箱崎神社」というのは筥崎宮の通称で地元の人によく親しまれている。神社というものはもともと日本独特のものだが、一本の真っ直ぐで広い参道が正殿まで通じること、参道の両側には左右対称に石燈籠が並ぶこと、さらに参拝する前にきれいな湧き水で口や手を清めることなどから見て中国の「廟」に似ているからだろうか、郭沫若は特に親近感を抱いているようで、よく長男の和夫を連れて彼が「廟」と呼ぶ神社の境内にいる鳩たちと遊んでいた。

この筥崎宮の参道には当時の帝国大学系中国人留学生文学者のグループ——創造社の誕生にまつわる逸話がある。『創造十年』によると、一九一八年の夏、博多湾に来たばかりの郭沫若は筥崎宮の参道で一高時代の同期生で、熊本五高から海水浴のためにわざわざ箱崎海岸にやって来た張資平《ちょうしへい》（一八九三～一九五九）に偶然遭遇した。張は郭が福岡に来てから初めて会った同胞の知人で、三年ぶりの再会である。二人は国内の文学情勢を熱く語り、読むに値する文学の雑誌が一冊もないと嘆いた時、郭沫若は在日留学生の自分たちが主宰する純文学雑誌を作ろうと提案した、という。郭沫若は箱崎海岸で行われた張資平との会話が創造社の「受胎」だと位置付けている。

博多湾といえば、常に変幻する海の表情と生い茂る沿岸の松林のイメージがまず頭に浮かんでくる。海と松原は相互補完的な存在である。松原のことを抜きにして博多湾の風物は語れない。もちろん郭沫若が福岡に在留していた頃の千代の松原は今の千代、箱崎松原一帯とは見違えるほど違う姿だった。もともとの千代の松原は博多湾の海岸を覆い尽くせるくらいの広さをもっており、当時「十里の松原」とも言われていたことから見ると、北東の海ノ中道から南西の唐津湾まで長さ三五キロメートルもあった。郭沫若はこの広々とした松原の「網屋町」というところの海に面する松林の端に住んでいた。彼は『創造十年』に次のように記している。

福岡市の東はずれには広々とした松原になっている。海岸に沿って塀のように五、六里先まで伸びている。日本人はそれを「千代の松原」と呼んでいたが、古書には「十里松原」と記されている。ここの「十里」というのは、おそらく中国人がつけた名だろう。何故なら日本の一里は中国の七里に相当するからだ。

次に、博多湾の名物だった松原が郭沫若の目にどんな風に映っていたのか、彼の詩を抜粋して見てみよう。関連作品が少なくないので、ここで一九一九年に書いた「十里松原の夜の散歩」と二年後に書いた「南風」を見よう。

海はもはや安らかに眠っている。
眺望すれば白く霞む幽かな光が見えるが、
波の囁きすら聞こえてこない。
大空よ、君は何故そんなに超然としていて、自由で、雄渾でしかも寂しいのか！
無数の明星が目を開いて、
この美しい夜の風景を眺めているのだ。
十里の松原に数えきれぬ古松が、
手を高く上げながら無言のままで宇宙を賛美している。
彼らの一本一本の手が空中で慄き、
僕の一本一本の神経が体の中で戦慄している。

（「十里松原の夜の散歩」）

南風が海から吹いてきて、
松林から煙が斜めに出る。
白いハンカチを被った青衣の女三々五々、
せっせとこぼれ松葉を掻き集めて焚く。

なんと気品の高い絵だろう
わたしはそれに誘われて佇む。
人類の幼年時代の
恬淡無為の太古が思い出される。

（「南風」）

同じ舞台なのに、前者の松の木が動的イメージを持ち、人に上昇感を与えるのに対して、後者は「恬淡無為」の雰囲気を醸し出したことで、牧歌的な自然との一体感を感じずにはいられない。

このような松原の「千代」というところに東公園がある。園内に亀山上皇と日蓮上人の銅像があるということで昔から大変有名だったが、郭沫若はこれを見た後、次のようなコメントを残した。

海岸に沿って医科大学に入った。裏門から入り正門から出て通りを渡って東公園に入った。園内は松林に覆われて、林の中には亀山上皇が聳え立っている……。北山には亀山と並んで、頭つるつるでしかも猫背に見える日蓮の銅像が立っている。二台の銅像は一つが大きくて一つは小さい。東の風が元軍に便を与えなかったのはただただ残念であった。亀山像の基に一枚の碑があり、〝敵国降伏〟の四文字が書いてある（『三葉集』）。

東京から訪ねてきた友人の田漢に、〝敵国降伏〟は「敵国が降伏しに来る」にも読めるし、また「敵国に降伏する」とも読めるが、一体どっちだろうと聞かれたとき、郭沫若は「天ノ功ヲ貪リ、以テ己ノ力トス」と『左伝』にある言葉ではぐらかすような答えをしたと本人は『創造十年』の中で回顧している。

「西公園」の花見

郭沫若は数多くの文学作品の中で福岡の花見の名所である西公園に触れている。記述が最も詳しいのは田漢をそこに連れて行ったあとに書いた手紙である。

郭沫若が福岡に留学していた頃、西公園は福岡市電の終点だった。博多湾に突き出た面積約一七万平方メートルの小高い丘陵地にあり、万葉集の中で「荒津の崎」と歌われ、昔から「荒津山公園」と親しまれてきたが、明治三十三年に西公園と改名された。古来博多という町の花見の名所として知られていた。山頂付近に初代福岡藩主黒田長政とその父如水を祭った光雲神社があり、その境内には「酒は飲め飲め飲むならば日の本一のこの槍を飲みとるほどに飲むならば……」という黒田節に歌われ、足利義昭将軍が正親町天皇から拝領し、その後織田信長、豊臣秀吉へと渡った名槍「日本号」を飲み取ったと言い伝えられてきた有名な黒田武士母里太兵衛の銅像がある。園内は松、椎、樫など古木が多く、さらに桜は約三、〇〇〇本あるといわれている。桜の開花期には多くの花見客でにぎわい、普段でも展望台があるため、近くは博多湾、遠くは志賀島を眺望することができるので博多湾の観光スポットとして有名であった。

一九二〇年三月二十三日郭沫若は田漢と一緒に大宰府を観光した。翌日、田漢を福岡市西公園に連れて行った。当日、彼は上海にいる友人宗白華あての手紙の中で西公園の景観を次のように描写している。

西公園はかなり高いところにあり、博多湾を俯瞰することができる。この日微かに風が吹いていて、博多湾内は荒波が立ち、鴎は空を飛び交う。絵より美しい。湾は池の形をして西のみ外の海に通じる。湾の北西方面の土手は海ノ中道という。海ノ中道の西側には山のように突起している島があり、志賀島という。百余年前にこの島の浜で金印が発掘された。印面に刻まれた文字は「漢倭奴国王」だ。『後漢書・光武本紀』によれば、後漢の光武帝が世を治めるとき、来朝した倭人を倭奴国の国王に封じたということだった。その金印は今でも黒田侯家の家宝として保管されている。九州は日本の最南端にあり、古代倭人が南洋群島から引っ越してきた明らかな証拠である（『三葉集』）。

一九二〇年の三月二十三日は、むろん今日のように地球温暖化が深刻化していなかった。いくら九州といっても、桜は開花していなかったはずだ。名物の花見はできなかったが、二人はその時開催中の福博工業博覧会の第二会場に入った。「朝鮮館」、「台湾館」、「満蒙館」を見た後中国人としての自尊心を傷つけられた郭沫若は《われわれは日本に留学し、西洋の本を読むが、東洋人のいじめを受けている》と上海にいる宗白華に苦衷を訴えた。

一九二四年の夏に書かれた自叙伝小説『カルメラ娘』の中でも主人公の中国人留学生が長い睫毛の美人娘とデートする舞台が西公園に設定されていた。時期は花見の季節だった。小説の主人公は西公園にやってきた。彼の目に映ったのは次のような光景である。

一日三秋なり。古人のお言葉は決して言い過ぎではない。僕は彼女（カルメラ売りの娘）と別れてから一日会わないと三世紀も隔たったように感じた。瑞華（主人公の妻）は図書館に行くのを勧めてくれたが、僕は行かない。元気がない僕を見て妻は勉強のし過ぎのせいだと思い込んでいた。三日後彼女はN公園に花見にでも行ってきなさいと言った。N公園はF市の南にあり、僕らが住んでいる村とは南北両極端に位置する。家に居てもどうせつまらないから妻の言うことを聞いて長女を連れてN公園に向かった。……公園は海に突き出ている丘の上にある。そこに通じる一本の細い道には大勢の人が犇いている。路傍の桜は満開の頃だ。普段客の少ない商店街も客を誘致するために競って色鮮やかに飾り付けている。酒を飲みすぎた酔っ払いたちは大きな声を上げて歌いながら千鳥足で通りを歩いている。学生、軍人、女学生、青年夫婦、二人ずつ酒の瓶を担ぎ、中には瓢簞を持ってラッパ飲みしながら歩いている連中もいる。ごくごくと喉越しの音、舌打ちの音、公園の中から流れ出た三味線の音と相混ざって、まるで家禽を殺すような歌声だ……。このような変わった風景は日本独特のものだ。桜が満開する季節には日本全国どこでもこのような風景で、まるで建国記念日を祝っているみたいだ。

ざっと読むと、「花見」という日本独特の文化に対する青年郭沫若の好奇心と不理解が伝わってくるが、それもだんだん慣れてくると、彼はこのような異国文化に対して理解を深めつつ、徐々に好感を持つようになった。N公園が西公園のことで、F市が福岡市のことだということは容易に推測できる。博多湾の花見の人生経験は文学者郭沫若にとって貴重なものであった。彼はそれから十数年後そうした経験を生かして自分の文学創作に導入する試みをしたのである。

たとえば、歴史劇『棠棣《とうてぃ》の花』の場合はそうだった。西公園で花見をした一九二〇年の九月に書き上げた一幕の『棠棣の花』には日本の花見を連想させる場面はまったくなかった。しかし一九三七年にそれを五幕ものに仕上げたとき、第二幕と第四幕に福岡西公園で自ら経験した花見の情景を花見客男女の歌という形で挿入したのである。

春の桃の花は海のごとし。
一万本の木は風に吹かれて咲き始めた。
花は木からひらひら舞い落ち、
人は花の下から二人ずつ現れる。
人は花を見に来る。花はそれを知っているのかい？
花は船に落ちてくる。人は我を忘れそう。
花と別れるなら帰りたくない、
願わくば花の下を流れる春の水となる。

右記のものが五幕『棠棣の花』に挿入された「花の歌」である。花の歌といっても、なぜか桜ではなく、中国人にとって親しみやすい桃の花になっている。その謎について郭沫若は「『棠棣の花』の創作について」という回想記の中でこう吐露してくれた。

歴史劇『棠棣の花』を書くとき、私は自分が福岡の西公園で得た花見の体験を生かして第二と第四幕にそれぞれ男と女の遊覧客の歌を挿入した。ストーリーの構成上、日本の風俗は助けてくれた。桜が満開する季節に日本人が国を挙げて喜ぶ光景は実に原始的な風情がある。作品に挿入された〝春の桃の花は海のごとし〟という歌は実際は一九一九年の春博多にある西公園で花見をした際に創ったものだ。原詩は〝春の桜〟だった。戯曲に入れるとき、私は桜という字を桃に変えただけだった。

5 「抱洋閣」に住む貧乏留学生

抱洋閣は一九一〇（明治四十三）年に落成し、「松原を負ひて海に面し、博多湾内の岬角嶼眼前に横たはり、海を隔て遥に壹岐・對馬を望」み、「真に抱洋の名に背かず、盛夏の候来りて涼を取る者多」（『福岡縣名勝人物誌』一九一六（大正五）年十一月五日発行）かったリゾートホテルだった。「庭園内海川魚旅放養池墜道内水族館砂湯等の珍設あ」り、「洋式潮湯特等、上等、並等、砂温室、カルルス温泉清潔設置」(『福岡市案内記』)、さらに博多初めての水洗トイレがあったという。この豪華な洋式ホテルの抱洋閣は一九二二(大正十一)年の春に経営不振のため売りに出された。そして博多湾鉄道(和白↕新博多、一九二四年開通)の敷設に伴ってついに撤去されたのである。

郭沫若一家は一九二二年の夏から翌年の三月末に卒業するまで箱崎海岸にある抱洋閣に住んでいた。自伝『創造十年』によれば、

箱崎神社の正面参道が浜に通じているあたりに、銀色の砂浜が広がっている。海辺の西側に水族館と築港事務所があり、東側には一軒のホテルがある。城砦のような西洋風の建築で、名は抱洋閣という……。抱洋閣が築港事務所と向かい合っている箱崎海岸は当時の〝成金風〟の象徴であった。

いつも生活費不足に悩まされていた自分が明治時代の博多の繁栄のシンボルだった抱洋閣に住むことができた経緯について、郭沫若は次のように書いている。

写真 2　抱洋閣

資本の集中、小資本家の破産、零細事業の中断および勢い盛んな成金の風が収まったのも日本産業界の必ず起こる傾向だ。このような現象は博多湾の一角にも鮮やかに現われてきた。博多湾にある築港工事は中止した。王宮のような抱洋閣は次第に不況になって、そしてとうとう経営できなくなったので、一九二二年の春全部競り売りにされた。

抱洋閣の買い主は新しくできた博多湾沿海鉄道会社だった。会社の事務所に改造するために買ったのだ。だが抱洋閣はその会社の事務所になる前に半年ぐらい空き家のままとなっていた。会社はある技師に番人役をさせたが、その技師は福岡市内にいる芸者と出来てしまったので抱洋閣の面倒まで見きれなくなり、近くに住んでいる職工長に抱洋閣の管理を頼んだ。その職工長の家はわたしの住居の近くなのでこの箱崎町ですでに三年も住んでいた私たちは当然彼と知り合いだった。お正月や祝祭日の時付き合いがある。あの王宮のような抱洋閣に自分一家で住むなら掃除は大変困ると思った職工長のお上さんは依頼主の技師の弱みを利用して妻に一緒に住まないかと抱洋閣の一部を自分勝手に私たちの住居として提供してくれた。それでその年の夏休み前後の数ヵ月間、あの臨海にある数階建ての建物は私たちの住みかとなった。三年前私はあのビルにいる人間が雲の上の神様だと羨ましく思っていたが、三年後私はその羨ましく思われる身となった。

かつての高級リゾートホテル抱洋閣はもはや閑古鳥が鳴く廃墟と化したが、郭沫若一家にとってこれ以上の贅沢はなかった。彼はわざわざ上海から籐の寝椅子を二つ買ってきて、それを六十畳もある臨海宴会場二階の回廊に置き、海に面する大きな部屋に小さなテーブルを置いて自分専用の臨時書斎に仕立て、そこで読書し、または文学の翻訳や創作に没頭していた。海が穏やかな日は二階の欄干に寄りかかって博多湾の景色を満喫し、風が強い時はすぐ隣にある洋館に逃げ込み、家族と一緒に暮らしていた。

こうして福博時代の成金たちが車で芸者を連れ込んで豪遊していた抱洋閣で、留学生郭沫若は「哀時古調」をはじめ、数多くの詩を創り出したほか、『ルバイヤード詩集』の完訳および戯曲『孤竹国君の二人』の創作を完成させたのである。

6　佐賀の熊の川温泉

自伝『創造十年』続編の中で、郭沫若は一九二四年の秋、福岡を離れて帰国する前に家族と共に佐賀県北山にある熊の川温泉と古湯温泉に足を運び、そこで一ヵ月間の小説創作をしたことについて触れている。彼が言うには、

福岡に住んで半年経ったころ、生理学研究の志望を実現するために私は一度上京して四川の経理担当者と交渉したことがある。大学院に入って引き続き官費をもらうというのが狙いだった。しかし成功しなかった……。結局帰国せざるを得なくなった。ところが私たちは帰国する前の十月、福岡と長崎との間にある佐賀県の山中で一ヵ月暮らしたことがある。この六、七ヵ月は私の最も多作な時期だった。前に述べたいくらかの翻訳書を除いて私は外にツルゲーネフ(一八一八～一八八三)の『処女地』を訳出し、『落葉』、『カルメラ娘』、『葉羅提の墓』、『万引』、『陽春の別れ』、それに『橄欖』の中の「岐路三部曲」を除いたすべての作品を書いた。当時の生活記録はだいたい『橄欖』の中に残っている。

熊の川温泉は古湯温泉と共に佐賀駅から北方一六～二〇キロメートルの間の、標高二〇〇メートルの山峡に位置する。また熊の川温泉は昔から「湯の原」とも呼ばれ、泉歴も古い。しかし、同じ佐賀県内にある嬉野温泉や武雄温泉のような一年中客が後を絶たない付属施設が整った温泉街ではなかった。郭沫若夫婦がそこを選んだ理由は二つある。一つはどこよりも安いこと。もう一つは交通が不便で客足が少ないので小説を書くのに気が落ち着きそうだから。この時、郭沫若はもはやお金にならぬ詩を作る余裕がなくなっていた。家族五人の腹ごしらえに、彼はいくらか換金できる小説を書かねばならない。

一九二四年九月末、郭沫若はいつもと違って長崎から帰国することに決めた。その後、妻とみと長男和夫、次男博、三男佛を連れて鳥栖で乗り換えの汽車で佐賀にやってきた。北山の温泉まで交通が不便だから、とみは踏ん張ってハイヤーを呼んで川上川に沿って上流に上っていった。次は郭沫若が自叙伝小説『行路難』の中で描く車中から見た川上川沿岸の風景である。

夕日が川上川の川面に照っていた。水量が豊かな澄みきった流れがきらきらと輝く白い石の間から歓呼の声をあげて、奔流となって湧き立っていた。青緑の寒林、真っ赤な曼珠沙華、黄金色の柿のある両岸の高い山も、一進一退して人に向かってうなずき微笑みかけているように思えた。一台の自動車が川の北岸に沿ってゆっくりと上って行った。僅かに二台の自動車が肩を並べて通れるだけの山路、一方は川に臨み、一方は崖になっている。崖の面には所々にきれいな泉が滾々と湧き出で、細い小川の中、さらさらと流れる谷が一片のみずみずしい真紅な花をつけていた。人に嫌われる紫色のあざみまでが、何か一種の深い清浄な美しさをあらわしていた。白やピンクの萩、桜んぼの実のような野薔薇の実、人を驚かすばかりに紅いさんざしが、時に岸の上から低く垂れ下がってきて、自動車の頭の上に撫で付けた（牧山敏浩訳）。

予約した「新屋」という温泉宿は茅葺の屋根で、壁が赤茶けた色で少なくとも三、四百年は経った看板があると郭沫若は当時書いたが、今の「新屋」旅館は元の場所にあるものの、屋根はぴかぴかの瓦葺きに変わったし、看板もぴかぴかだ。外観は大正時代を思い出させるもののかけらすらない。一九二四年の秋、郭沫若一家は「新屋」旅館の一番安い《関帝廟みたいな》離れの二間に食事付きで五日間泊まっていた。その後、とみは費用を節約するため、自炊できる近所の斉藤という貧しい農家の二階にある「貸間」に移った。結局一週間の「新生活日記」ができた以外、ほとんど筆が進まない郭沫若は子供たちの煩わしさを離れて独りでさらに上流にある古湯温泉の方に泊まりこみ、そこで文筆をとり、中篇自叙伝小説『行路難』をはじめ、短編集『山中雑記』および親子のしみじみとした哀愁の漂う小説「からす瓜」を書き上げた。

振り返ってみれば、福岡在住の五年間、郭沫若一家は生活の面では辛酸を嘗め尽くしたといっ

写真 3　郭一家が泊まった佐賀熊の川温泉の「貸間」
（左側の竹藪の中）

ても過言ではなかろう。でも、医学士卒業後彼は医者になろうと思えばなれたのに、結局文学のために医学の道を断念した。しかしいざ文学にすべてを賭けたとき、彼と創造社の仲間たちは既成文壇に入れてもらえず、糊口をしのぐために東奔西走し、そして屈辱を感じる売文生活を余儀なくされてしまった。大学を出てはじめて社会の厚い壁にぶつかった後の挫折感を味わわされた郭沫若はずたずたにされた心身を癒すために佐賀に来たのだ。彼は熊の川温泉の「紀元前の風景」に魅せられ、「新生活日記」に、

田園生活は万事このように悠悠自適だ。生活の欲望が贅沢でなければ、物質に対する要求も自然に薄い。私自身の場合、もし必要最小限の生活が保障されれば、私もできるだけ尽力して社会に貢

献することができる。私には贅沢な欲求がない。どぶろくさえあれば、高級なお酒なんかどうして必要だろう。

と胸中を吐露した。熊の川・古湯両温泉逗留時の郭沫若は、まさにこうした物欲の充満する世の中から隔離された原始的な自然のおかげで心身ともにリフレッシュできたわけである。佐賀県在住の郷土史家牧山敏浩氏が指摘したように、郭沫若が熊の川・古湯両温泉に身を寄せ数多くの身辺小説を書くことができたのみならず、彼の故郷楽山沙湾に極めて似通った熊の川・古湯の原始的な風景が、中国江南地区の景勝地「九渓十八澗」より勝れており、終生住んでみたいという強い愛着を示した点も注目に値すべきである。

佐賀北山の温泉に滞在している一ヵ月の間、郭沫若は静かな自然の中で乱れた心の整理ができ、そして帰国して今一度社会に挑む勇気を取り戻したのである。彼が『行路難』の結尾に書き記した次の内容は挫折から完全に立ち直った彼の内面を端的に表わしている。

屋外の川上川の渓流は四六時中流れている。平らな所に流れていくと集まって小さな深淵を作るが、それでも流れ止まらない。通れない所に来るとまた怒涛となり、ごうごうという急流の響きを立て、牙をむき出し、飛沫をあげて獅子奮迅する。そこを通って、また些か平らな所に出た後も、依然として先へと流れていく。急流の瀬を過ぎると深い淵となり、深い淵を過ぎればまた急流と化す。いったい何のためにかくも苦労して奔走するのか。その四六時中休まぬ雄叫びは一体何を意味するのか。平坦な道を求め、そして大海原にたどり着こうとしているのではないか。激しい勢いで流れている時、平坦な道がないわけではないが、平坦な道を求めながらも先へ先へと進まねばならない。ああ、奔流よ！　奔流よ！　たとい片時の停止でも未練があってはならない。険しい道は迂回できないのだ。頭で勢いよくぶつかり、血でぶつかり、渾身の力を込めて全身全霊の抵抗を以って当れば、聳え立つ山でさえ突き破り、無理な長い道程も崩壊させることができるのだ。すべての支流を携えてまっすぐにダッシュし、すべての雨露を一身に受けて前進し、すべての砂をまじえ、すべての魚介を養いながら突進するのだ。人がお前の体で汚れを落としても、足を洗っても、網を打っても船を走らせてもお前は躊躇ったり気にしたりすることはないのだ。太陽はどんなに燃え盛んでもお前の皮膚に焼けどすることしかできない。氷霜はどんなに厳しくてもお前の肺腑を凍らせることはできないのだ。ほら、見てみよう。かの滔々たる揚子江と滾りたつナイル。ほら、見てみよう、かのミシシッピーとラインを。みな努力して平坦な道に辿りつき、また威勢よく広々とした大海原に向かっているのではないか。太平洋は高らかに歌って、すべての努力し突進する流れを歓迎している。流れ。流れ。涇水は渭水と清さを競わない。黄河は揚子江と濁りを比べない。大海原の中はすべて清流だ。すべて浄化する時があるのだ。行け！　行け！　海はまだ遠いが、必ず流れつく日があるのだ。

以上見てきたように、福岡の博多湾は郭沫若にとって単なる留学生活の場だけではなかった。彼の早期文学活動の舞台でもあれば、一九二〇年代の中国新詩壇を震撼させた画期的な詩集『女神』を直接生み出した母なる自然でもあった。いつも穏やかで女性的な博多湾を一瞬にして得体の知れぬ凶暴なものに変えてしまう二百十日の台風、白い砂浜に残る我が子の足跡、海岸を覆う松原の長閑さを破る鹿児島本線蒸気機関車の汽笛、西公園の花見、これらのすべては四川の山奥からやってきた彼には新天地を意味する。こうした博多湾の美しい自然を満喫しているうちに詩情が自ら湧いてくる。一九一九年秋からの第一次詩歌創作欲の襲来は彼を異常な高揚状態に導き、その結果として「鳳凰涅槃」、「天の狗」、「炉中煤」、「立在地球辺上放号」、「太陽礼賛」のような中国現代詩歌史上の不朽の名作が実った。生活のどん底に陥り、そしてこころにある醜悪なもう一人の自分に直面するとき、何度も自殺の念を抱いた彼は妻の愛から生きる力を、文学創作の際には博多湾の海からインスピレーションを得ていた。彼の詩のもつ超人的な破壊力と未来への憧れは同時代の中国人の読者に旧世界を打ち砕き、そして自ら新しい中国を創る勇気とパワーを与える役割を果たしたのである。『女神』が封建的な旧社会を葬り、新しい中国を作り上げた大勢の知識人を鼓舞し、特に二十世紀二、三〇年代中国都市部の若者の「バイブル」と見なされていたことは数多くの証言で明らかになっている。

（武　継平）

郭沫若《かくまつじゃく》（クォ・モォルォ、一八九二〜一九七八）
本名郭開貞《かくかいてい》。一九二三年九州帝大医学部を卒業。在学中、郁達夫らと創造社を結成。二六年北伐戦争に参加。二八年から日本亡命開始。三七年抗日戦争開始直前に日本脱出し、重慶の国民政府に参加する。新中国成立後、政務院副総理、中国科学院院長、全国文学芸術連合会主席、全人代常務副委員長などの要職につく。七八年北京で病没。代表的な文学作品は、詩集は『女神』、『星空』、『前茅』。歴史劇は『屈原』、『王昭君』、『蔡文姫』、『虎符』。自叙伝は『創造十年』、『行路難』、『抗日戦争回顧録』などがある。

第二章　陶晶孫と福岡

はじめに

陶晶孫と同じ留学生仲間である郭沫若や郁達夫などの場合、確かに日本の大正文学から深い影響を受けてはいるが、彼らが「日本人一般」の中に何らかの影響を与えたりしたかと言えば、当然のことながらそれは皆無と言ってよい。例外は魯迅と陶晶孫しかないのではないだろうか……（伊藤虎丸『戦後五十年と「日本への遺書」』）。

陶晶孫《とうしょうそん》（一八九七〜一九五二）は、私たち日本人にとても身近な中国人文学者だった。現在でも日本で広く読み継がれている魯迅《ろじん》（一八八一〜一九三六）ほどではないものの、日中戦争、そして戦後にわたる彼と日本人文学者たちとの交流の深さは、例えば佐藤竜一氏の『日中友好のいしずえ』に詳しい。陶の死後、すぐに出版された日本語文集『日本への遺書』は、《日本の読者の間に》幅広い《尊敬と共感を呼び起こした》とされる（伊藤同前）。

ただそれは、今からもう五十年も前の話である。現在、陶の名を見知っている日本人は、ごく限られた中国関係者を除けば、皆無であろう。

写真 4　陶晶孫夫妻（1929年）
『陶晶孫選集』から転載

残念ながら陶の母国である中国でも情況は同じで、創造社という、現代中国文学に青年の息吹をもたらした団体の一員として、文学史の教科書に名は留めるが、作品が説明されることはない。抗日戦争中に淪陥区（日本占領区）上海に留まり、日本の文化侵略の施設と目された上海自然科学研究所に勤める一方で、《老作家》と重んじられていたこと、一九四四年に南京で開かれた第三回大東亜文学者大会に参加したこと、また戦後、国民党支配下に残された台湾から日本に逃れ、中華人民共和国成立後の中国の土を踏むことなく客死したこと、つまり彼が日本と非常に密接だったことがマイナスとなり、漢奸（漢民族を裏切った者）作家とレッテルを貼られ、中国では一九九〇年代に至るまで言及さえもが避けられてきた。

夏衍《かえん》（一九〇〇～一九九五）が死の直前に、抗日戦争期に陶が中国共産党と秘密裏に連絡をとっていたと証言し、その夏衍の序を冠した『陶晶孫選集』が、一九九五年に北京の人民文学出版社という、中国で最も権威ある文学出版社から出版され、中国の陶への公式見解が好転したことが示されたが、いまだ一冊の評伝も出版されていない現状では、彼が本来占めるべき文学史の地位を取り戻したとはまだ言えない。

ただ、伊藤虎丸氏を始めとした、陶の文学に魅せられて現代中国文学の研究を志す者が今後も現れ、陶の文学・足跡をより明らかにし、彼の文学を不遇から完全に解き放ってくれることは間違いあるまい。それは近代における日中関係の流れを、後世の我々がしっかりと受けとめる重要な基石の一つになると私は考えている。

このような陶の文学の作風を、竹内好は《ロマンティックであるけれども、郭沫若なんかのロマンティシズムと違って、もっと繊細——感受性の非常に鋭い、表現の……華かで細かい》ものだと指摘した（『陶晶孫氏を囲む座談会』）。

陶が文学作品を始めに発表したのは、彼が福岡に住み、九州帝国大学で医学を学んでいた間だった。本章では、とりあげる作品は福岡期のみに限り（理由後述）、特にその中でも著名な、『木犀』と『黒衣の男』という二作品を選んだ。陶の作品と福岡との関わりを探り、福岡という都市から生まれた現代文学作品の、一つの特異性を読み解いてみたい。

1 『木犀』

陶の記録に残る最初の発表作品で、小説。一九二一年夏、後に創造社を結成する仲間と東京で出した回覧雑誌（？）『Green』第二期に、日本語で発表したものとされる。日本語のテクストは現存せず、今残っているのは一九二二年『創造（季刊）』第一巻第三期に、郭沫若《かくまつじゃく》（一八九二～一九七八）の勧めを受け、翻訳して発表した中国語版のみ。

その後一九二六年、文壇を代表する存在となっていた創造社が、当時の単行本未収作品に限ってだが、短編小説のアンソロジーを編んで出版している。その中にこの『木犀』も収められており、かつそのアンソロジー自体のタイトルも『木犀』だった。このことはこの作品がその一九二六年当時、創造社を代表する作品に位置づけられていたことを示している。

九州の地方都市の大学で医学を学び、その「馬車馬の生活」になじめない素威が、木犀の香りに東京で過ごした少年期を思い出す。旧制中学に進級し、小学生気分が抜けなかった彼は、小学校時の英語教師Toshikoと緊密な関係になる。ただしそれは素威が恋愛を意識し出したこと、Toshikoの病い、そして死により、木犀の香り漂う夜の思い出と、小さな懐中時計だけを素威に残して終わりを告げる。

この作品の始めの部分には、一九二〇年前後の福岡、特に箱崎と九大医学部の様子が、かなり皮肉な筆致で描かれている。

結局は田舎で、古いほこらが一つ広々としているが、ただぼけっと建っているだけだ。ほこらの前はすでに電車が走っており、行き交う人も全然少なくない。

田舎にも田舎の味わいがあるはずだ、だがここは都会の要素も幾らか帯びており、一体田舎なのか都市なのか――田舎だとしたら俗すぎて、都市だとしたら本当に落ちぶれている。

素威は、ここの大学生の中の一人の青年で、通行人に紛れて通りすぎていた。どこから漂って来たのか分からない香りが、だんだんと強くなり、彼の意識をやっと唐突に呼び起こした。

あぁ、木犀！

辺りはみな初秋の濃い緑、数本の葉の盛んな古木が、ほこらの日本庭園に茂っていた。

木犀の香り――

これはどんな人にも届いたのか？

しかし、人はそれぞれ人それぞれの感触がある――

馬車馬の生活！――これは素威の独り言だ。彼のこの感嘆にも、ある因縁があった。

彼は忘れ難い少年時代を東京で過ごした、彼はどうしても東京に留まりたかった。もし無理ならば、京都に行きたかった。そこは彼の愛慕する一人の先生の故郷だった、そしてこのささやかな希望さえかなわずに、さびしくも九州に流れて来て、目的も無い生活を送っている、何て悲惨なんだ！

下宿で過ごしにくい日々を送ることは最も苦痛だった。医者になりたいという考えはあるものの、病院の空気に触れるのを嫌った。そこで学内の音楽団体に入り、幼時に学んだピアノを、朝から晩まで、練習室にこもって弾いた——隣室の助手らの嫌悪・迫害をこうむったが、彼はこのように彼の「馬車馬の生活」を始めた。

食事と睡眠以外に帰る時間はなかった。今彼は下宿に帰って昼食をとらなければならなかった。偶然のこの花の香りが、素威を悲しみも喜びもない生活から解き放ってくれた。

ここに言及された前に電車の通るほこらとは、多分筥崎宮を指すと思われる（「筥」はハコ、「箱」の俗字）。九二三年に醍醐天皇が国家鎮護のために創建したもので、日本三大八幡の一つとされており、ずんぐりとした姿の一の鳥居（一六〇九年建）、壮麗な姿で、元寇・文永の役（一二七四年）の後に亀山上皇が揮毫した「敵国降伏」の額を高々と掲げる楼門（一五九四年建）、静かなたたずまいの本殿と拝殿（一五四六年建）などを今に留めている。正月三日の勇壮な玉せせり、秋九月のにぎやかな放生会と、博多の風物を語るに欠かせない祭の場でもある。

実際陶は、（後で挙げるように）箱崎の街中で生活していた。この作品にはそのような陶の実際の生活が、《馬車馬の生活》としてだが、反映されていると考えられる。

この作品の評価は従来とても高く、《作者は新鮮で脱俗した筆致で、ロマン的な情緒のもとの悲恋と、愛と美の間の感傷を描き出し、美しいあこがれに幻想の煙雨をかぶせ、独特の風格を持たせている》（劉平『陶晶孫』）とされる。少年の淡く幻想的な恋と、悲劇的な結末を、疎外感に満ちた今と対比することによって、繊細かつ色鮮やかに描き出している。

先にこの作品が、もともとは日本語で書かれていたと述べたが、この作品を読んで思うことは、それが全然、中国を感じさせないということである。中国語を介して読むので中国人の作品だと判断できるのだが、もしこれがオリジナルの日本語テクストであったとすれば、知らない人は日本人の手による作品だと思い込むに違いない。何故なら作中に、中国を想起させるものが何もないからである。これはこの福岡での陶の文学が、国境というものを越えていた、ボーダーレスな性質だったことを示している。その点で、同じ福岡で中国に想いを馳せずにいられなかった郭沫若の文学と、陶の文学は大きな対照を見せている。

2　『黒衣の男』

原題『黒衣人』。一九二二年八月、『創造（季刊）』第一巻第二期に、『木犀』と同じく日本語版から翻訳して発表した一幕の戯曲。

太湖のほとりの別荘にくらす少年Tettと、その年の離れた兄である黒衣の男。もの寂しい秋の風吹く夜は、陰鬱な黒い闇に包まれている。黒衣の男はいつになく、兄弟が今までなめてきた苦惨を語り続ける。Tettが心配するなか、何者かの足音と、手にした銃の音を聞いたと黒衣の男が言い、銃を手にとり立ち向かう。銃声とび交う中でのTettの死。それを月明かりの中で嘆く黒衣の男。月明かりが暗闇の中に去り、最後の銃声の響きを残して劇は終わる。

太湖は、陶の故郷である無錫の南に広がる、古来風光明媚を詠われた湖であり、それは中国に結びつくのだが、それ以外、例えば建物や服装などは西欧風な設定がされており、こちらもやはり『木犀』と同じく、中国らしさを全く感じさせない作品である。

この作品は象徴主義の作品として、極めて高い評価を得ている。

『黒衣の男』は舞台では直接具体的な幻像を表現したりしなかった、黒衣の男の想像はみな風雨・かみなり・月あかりの明暗・幻聴の中の「盗賊」の声などの音響・雰囲気と情景によって間接的にしみ出される……黒衣の男は舞台上のスポットライトを当てる焦点となり、戯曲中のすべての幻想効果をもたらす舞台要素を、主人公の心中の現実をあばき出すのに従わせている。作者は音響・ライト・背景および雰囲気など様々な戯曲要素の暗示性を十分に調整せねばならず、それで、舞台環境は不可避的にある象徴的意味を持っている。人物の身にする黒い衣装や、舞台上に表現される暗闇から、月が暗く風が強いというお決まりの場面まで、すべて戯曲の「死亡」という核心テーマを側面から浮かび上げている。更には黒衣の男のイメージ自身もが一人の「死神」の象徴である。

死神が来た。いや、私自身こそが死神だ！　私の肉体は死んだものだ。私が絶対の黒になって以来、死はもう私の魂の髄に入りこんでいる。

「絶対の黒」は明らかに黒衣の男の視覚的効果に限定されるのではなく、「魂の髄」に入った死に対する心理的な体得をより象徴している。暗くて恐ろしい外的環境がこれにより人的心理の時空との対応と結び付きを得た（呉暁東『象徴主義と中国現代文学』）。

またこの作品を、中国現代文学における象徴主義戯曲の頂点だと評価する声もある。

新文学の後の発展の長い道のりで、象徴主義の戯曲は何度も現れたが、どれ一つとして『黒衣の男』のような暗くけわしい程度までは描き得なかった（朱寿桐『朱寿桐戯曲を論ず』）。

陶の福岡での作品の中で、戯曲が占める割合は他の時期と比べて高いのだが（五分の三）、右に挙げたような、この作品の舞台という装置を知り尽した者だけが描ける表現世界と考え合わせると、陶は当時の日本演劇から強い影響を受けていたと考えられる。

特に私はここで、『黒衣の男』に見られるオスカー・ワイルド『サロメ』の影を指摘したいと思う。『サロメ』はヨーロッパ世紀末文化を代表する戯曲だが、それが当時の日本で、松井須磨子や水谷八重子らによって演じられ、人気を博していたことは井村君江氏の『「サロメ」の変容』に詳しい。

『サロメ』と『黒衣の男』との結び付きは、私の安易な発想ではなく、肖同慶氏が『世紀末思潮と中国現代文学』の中で、中国初期戯曲の《『サロメ』モデル》を広い視野で指摘する中で言及されたことである。肖氏は『黒衣の男』を、『サロメ』の《愛と死の悲劇モデル》の現代中国文学における例として挙げている。

だが他に、私はその後半のプロットが似通っていることを指摘したい。

『サロメ』
サロメの踊り
←
ヨカナーンの死
←
ヨカナーンの首への口づけ
←
サロメの死

『黒衣の男』
黒衣の男のピアノ独奏
←
Tettの死
←
Tettの死骸への口づけ
←
黒衣の男の死

このように両者のプロットの要所が非常に似通ったものになっている。また両者はともに、無気味な黒い夜と、死を欲するかのような月明りによって、舞台全体で神秘的な雰囲気を醸し出すのに成功している。

最後に、『サロメ』のオーブリ・ビアズレーによる挿絵が、黒衣の男という人物の造形に影響している可能性を挙げておく。

3 《流れて来》た福岡

以上、陶の福岡期の文学を、『木犀』と『黒衣の男』二作品を挙げて説明してきた。そこに漂っているいわば耽美的な風格は、それ以降の陶の作品とははっきりと違う特徴である。福岡期の陶文学は無気味な「夜」や「死」というものを強く前面に推し出しており、沈鬱で、それ以降の軽快な、青年男女の恋を描く作品とは全く異なっている。またそこでとりあげられている愛の姿も、それ以降とは全く異なるものだった。『木犀』では小学校の女性教師と旧制中学の男子生徒との間の、『黒衣の男』では年の離れた兄弟の間の愛が描かれていた。様々な性愛はフロイトを経た世紀末芸術の中でよく扱われたテーマだが、陶の福岡期以降の作品に多く描かれた、若い男女の恋愛の姿と強い対比を成している（そのような恋愛を描いた作品が福岡でも一つあるが）。

また先に言及したことだが、福岡期の作品では中国や、中国人であるということを主張する場面が全くない。それ以降の作品で、登場人物に中国人であることを言わせる陶の文学の中で、福岡期の文学はかなり異質なものであることが分かる。

では何故そこまで異質なのだろうか。その理由を、以降、陶の福岡での生活との兼ね合いの中で探っていこう。

陶が四〇年代に書いた『晶孫自伝』には、福岡での生活を以下のように述べている。

福岡の九州帝大に入り、医科に属し、箱崎に住み、歩いて大学に行き、解剖学の講義を聴いた。この学問はあまり面白くなかったが、私はとても努力し、例えば第四脳神経は神経繊維四千五百本があるなど、他人が皆知らないものを全て憶えた。

ある教授が組織した大学フィルハーモニーに入り、コントラバスを担当し、同時にピアノをとても努力して弾いた、夏は騎馬用の長靴をはいてピアノを弾き、蚊を防いだ。このフィルハーモニーは当地の音楽最高把握機関だったので、それ以来日本の中央音楽界のことをとても知るようになった。

二年生で病理学を聴講し、あまり多くの興味を引き起こすことなどなかったが、生理学に対してはとても喜んで真理法則の探求をした。三年生で臨床講義を聴いた、授業の進め方はドイツを倣い、総論を講義した以外は、それぞれ疾病の各論を講義することなど全くなく、教室に入ると病人が一人いるのみで、教授が来て彼の病状の一切を講義し、彼がどの疾病に属すのかを研究した、たくさんの希少な病気、例えば白血病などがあり、学習に使う患者は長年病院で賄っているのだから、かかる頻度の高い病気は、講義を聴く頻度も高かった……。

福岡市は海岸辺にあり、海岸は元兵の古跡だった、郭沫若も医学を学んだが、浜辺に住んでいた、私は街中に住んでいた、家の前に大きなミカンの木が一つあり、無数のミカンを実らせていた、沫若は南国をいとおしみ、ミカンの木を見るや『ミニョンの歌』（注：ゲーテ作）を念じだしたが、私にはよく分からなかった。

本屋は丸善書店があるだけだったが、古典の勉強はもう充分だった、私の遺伝した反抗精神がいたる所で妨害し、この都市にあまり興味を持てなかった、最後の試験期間となり、耳鼻科の試験の際、テストの材料は一人のきれいな女の子で、その扁桃腺が本当に可愛かったので、扁桃腺をちょうど手にしていた『ドイツロマン主義戯曲』一冊に描いた。卒業の翌日早朝には、もう汽車に乗り、日本の東北に行った。

このように陶自身の回想によれば、陶は福岡で鬱々として、全く楽しくない生活を送っており、『木犀』の中の素威の感慨は作者自身のものだったと分かる。またそれを証明するかのように、陶には他にも以下の日本語での言及がある。

僕は福岡大学に入ってそして出た。それ丈けである（陶『行き詰りの心理』）。

これは陶が福岡を離れて数年後の、仙台から福岡の同窓に向けて書かれた言葉である（《福岡大学》は当然、福岡にあった当時唯一の大学である九州大学を指す）。《それ丈け》という表現に、陶の福岡での生活経験をつき放す態度がよみ取れる。それほど福岡での生活は不愉快だったのだ。

その原因として、私はやはり『木犀』の始めにあった《流れて来》たという一言に注目したい。福岡に来る前に、陶は東京で暮らしていた。『黒衣の男』に見られる日本演劇の影響も、陶が東京で過ごした旧制高等学校卒業までの成長の日々の中から生まれたものであろう。東京の華やかな文化を離れ、中途半端に都会風の福岡に来たことは、陶にとって非常に不如意だったに違いない。それゆえ陶は、福岡での生活を楽しめなかった。

このような陶と福岡との関係が、陶の福岡での文学に影を落としており、福岡に対する、陶特有の皮肉な視線がそこから生まれた。つまり郭沫若と違い、陶は福岡に対して冷めていた。上に挙げたミカンの樹に対する態度、詩を口ずさむ郭と、それに同調できない陶の姿がそれを現わしている。

4 《奇行多》き青年

また他に、以下のようなエピソードが郭の書信中に語られている。

私は今漁船に座っている……私は海に面して座っている、太陽は私の額を熱く照らしている。海の上を銀色のかすかな波がおどっており、ある人が近くの浅瀬で釣りをしている、秋になり釣りをする人はとても多い、私は座って魚を眺めてうらやむたびに、いつも彼らが閑雅だと思う、この世の全ての生存競争の大波は全て彼らの身にはかからない。いわゆる「高貴な人が画中にいれば、色をたちこめさせる」（注：司空図『詩品』）という世界なのだ。私は数日前この感想を陶晶蓀（注：「晶蓀」も陶の筆名）・彭九生君に話したところ、晶蓀がこう言うんだ「魚釣りの人は閑雅なんかではなく、魚釣りを見ている人こそがヒマなんだ！」と。しかし私の心は絶対に一時もヒマだったことはない、私は君の好きな「心貧しき者は幸いかな」という一言を思い出したが、もう一つ解釈を加えることができよう、つまり思いの少ない人は幸福な人だ。空を飛ぶ小鳥よ、野に咲いている百合の花よ、彼らは何を思っているのだろう？（『郁達夫宛 一』）

郭は釣り人と同一化でき、海辺のおだやかな風景の中に詩を感じているが、陶は冷ややかで、皮肉な見解を示すのみである。

このように福岡という場に対して、陶と郭という二人の文学者の態度がはっきりとした違いを見せている。この点はやはり、両者の文学者としての素質の違いから来るものであろう。つまり、感情に身をまかせ、自らが流れにのみ込まれることによって詩作を得る郭と、それまでの成長の過程で作り上げた自らの殻にとじこもり、その薄明かり中で繊細な糸をつむぎ出した陶の。陶と福岡に関しては他に、当時の同学による以下のような回想がある。

大正八年入学のクラスに陶君という中国留学生の秀才があった……陶熾君はかなり変わった性格で奇行多く、逸話を多く遺しているようである（瀬尾愛三郎『中国人留学生の想い出』）。

ここに言う《奇行》で、最も有名なものが以下の郭が語るエピソードだろう。

晶孫は二十日の時を費やし、自分で家を一つ建てた、中は四畳半の広さだ。ベッドを一つ、読み机を一つ、ピアノを一つ、椅子を二つ置き、他にUnaというMephistopheles（訳：犬、悪魔が飼っている）を一匹養っている。ドアの上の手製の横木に書かれた銘文は：「Hic est parva domus Czynsaini Tawitchi（訳：ここはシンザイニ・タウィッチ？の小さな家だ）」。本当に面白い人物は面白いことをする（『郁達夫宛 四』）。

このような《奇行》を、私はとても青年らしいものだと考える。自分だけしか見えず、それによって周囲との軋轢を生じさせてしまう。かといってその逆境に立ち向かうわけでもなく、何事も受け身のままで過ぎ去るのを待つ。このような内面的な生き方を、陶は福岡で送っていた。

そしてそれは同じ青年らしさでも、郭の持った攻撃的・破壊的なものとは全く異なるものだった。外へと触手を延ばした郭は、勢い中国に、異国にいる彼らの母国へと目を向けざるを得なかった。それに対して陶は、福岡での内向きな生活の中で、作品が中国とすれ違うこともなかったのではないだろうか。陶の福岡での耽美的な文芸世界では、中国という視座は成り立ち得なかった。

元来全く楽しむ理由がない上に、周囲にとけ込めずまた周囲からも浮き上がってしまう。このような陶の福岡での生活だったのだが、それは彼が福岡で描いた、消極的で耽美的な作品世界に反映している。

陶の『木犀』や『黒衣の男』は、このように直接福岡での陶の生活環境の中で生まれたのであり、それを生んだのは福岡であり、福岡という都市だからこそ生まれたのだと言える。

5　ドアは開かれる

陶文学と福岡の関係について、最後に二点、補足をしたい。

まず、『晶孫自伝』に言うように、陶は九大でフィルハーモニーに参加していたが、それが彼の文学に幅をもたらしている。後に書かれた小説『音楽会小曲』など、そのような陶と音楽とのつながりの産物だといえる。陶は後年、以下のようなエピソードを記している。

私は博多の路上で、『湘累の歌』一曲を思いつき、それを五線譜に書き記した、抱洋閣（注：その当時郭一家とともに住んでいた）で何度か試し、安娜夫人（注：郭の妻である佐藤とみ）に聞かせた、数日経ち沫若が上海から帰って来た、私は彼に見せた、彼はちょうど第二期（注：『創造（季刊）』）の編集に忙しく、その歌曲を載せたいと言った、そして載ってしまった。この動機により、『創造』全冊が横組みになった……（『創造社を記す』）。

『湘累の歌』は、郭の詩劇『湘累』の中の妖精の歌に曲をつけたスコアだが、現在に至る中国文学出版物が横組みである原因をつくった作品であり、それも陶と福岡での音楽のつながりがなければ生まれなかったのかも知れない。

次に陶が郭、そして佐藤みさをと出会ったことを忘れてはなるまい。陶と郭の邂逅については、陶が以下のように記している。

もともと私が福岡に来たのは、沫若より一年遅かったが、しばらくしてある同学が、当地にある特別な人物がいて、お前みたいに、少し変わっているやつだ、今からお前に紹介してやると言った。それで私は沫若に初めて会った……（『創造三年』）。

郭は、言ってみれば陶を文学史の表舞台に引っぱりだした張本人だった。先に述べたように『Green』という小さな回覧雑誌（？）に日本語で発表していた陶の作品を、中国語に翻訳させ、『創造（季刊）』という大部の出版媒体に載せたのは郭の尽力だった。

私は愛牟兄（注：郭のこと）に感謝したい、彼と私がともに福岡にいた時、彼の鼓舞が私に、私の日本語で書いた原稿を中国語に訳出する気にさせた、初めの数篇（注：陶の第一作品集『音楽会小曲』の）例えば『木犀』・『黒衣の男』などは、完全に彼の助力によってやっと訳出できたものだ（陶『（音楽会小曲）書後』）。

陶が福岡で郭と出会わなければ、陶の作品が世に現われることがなかったかも知れない。

また郭の妻である佐藤とみを介して、陶は仙台から福岡に遊びに来ていた佐藤の妹みさをと知り合い、彼らは後に結婚する。

をとみが妹を招いたのは気まぐれではなく、陶晶孫との結婚を考えてのことである。郭沫若との結婚でかなりきびしい生活を送っていたはずのをとみは、その苦労を中国人と結婚した結果とはまったく考えなかったようである。逆に、郭沫若とはまったく対蹠的な陶晶孫の日常生活をみていて、そのよさをいっそうつよく感じたのかも知れない。

陶晶孫は二十六歳、一八〇センチの長身で、浴衣を着て、まったく癖のない日本語で話をした。九州帝大在学中に交響楽団をつくり（注：つくってはおらず参加したのみ）、音楽的な日々を送っている。みさをは、晶孫がピアノだけではなくチェロの名手でもあることを、会って間もなくの演奏で知った。みさをは二つ年下である。

陶青年はやさしくて親切な「いい人」であった。この印象を死ぬまで裏切らなかったという人である。二人は九州で会ったあと次第に意気投合するようになる。福岡から仙台（注：みさをが働いていた）まで、学校の休みを利用して陶晶孫が訪ねて来たこともあった……。

大正十二（一九二三）年春、郭沫若と陶晶孫は九州帝大を卒業する、四月、陶晶孫は仙台の東北帝国大学理学部物理学教室へ入学した。佐藤みさをとの結婚が前提にあった（澤地久枝『日中の懸橋　郭をとみと陶みさを』）。

《奇行多》い人物が《いい人》だったとは、何か矛盾する感じがするが、陶が佐藤みさをとの関係の中で「いい人」になっていったと考えれば説明がつく。みさをは陶が閉じこもっていた殻のドアを開けた鍵だった。福岡を離れた後の陶文学の中で、男女の軽快な恋が描かれることの裏には、当然、この陶とみさをとの恋愛、そして結婚がある。みさをとの関係の中で陶は耽美的な性愛の世界を離れていった。これらも陶が郭と出会ったこと、そして陶が福岡に《流れて来》たことによって生まれたものだと言える。

（小崎太一）

陶晶孫《とうしょうそん》（タオ・ジンスン、一八九七〜一九五二）
本名陶熾《とうし》。一八九七年無錫の郷紳の家に生まれる。一九〇六年留学する父と共に日本に渡り、以来第一高等学校卒業まで東京で過ごす。一九年福岡の九州帝国大学医学部に入学、郭沫若と知り合い、創造社の一員として作品を発表。二三年九大を卒業し、仙台の東北帝国大学、東京での病院勤務を経て二八年帰国。上海で左翼作家聯盟のために活動した後は文壇を離れ、日本敗戦の翌四六年まで上海に留まり、上海自然科学研究所などで衛生学の研究を続ける。五〇年台北から日本に逃れ、市川に定居、日本語で旺盛に執筆するも五二年病没。著に『陶晶孫選集』『日本への遺書』など。

第三章　張資平と九州・熊本——旧制五高の青春——

はじめに——留学前の張資平——

張資平《ちょうしへい》（一八九三〜一九五九）は、一八九三年清末の広東省梅県で、同族の集住する村の没落家庭に生まれ、生後七〇日余りで母親を亡くした。祖父も父も科挙受験を目指しながら報われなかった一家の一人息子である。父親は、貧窮に迫られ科挙受験を断念、南洋に出稼ぎに行くが、間もなく祖父が亡くなり、帰国した。祖父の葬儀費用のために一家はさらに困窮する。

張資平は、祖父・父から最初の識字教育を受け、一族の啓蒙塾に通った後、帰国した父親が隣村に開いた初等塾で学んだ。科挙廃止（一九〇五年）の翌年、学費不要の教会学校に進学、父親も同校の教師となる。アメリカ人宣教師や中国人教師から英語・聖書・賛美歌・西洋および中国の一般科目を学ぶ。在学中、アメリカ留学と宣教師への道を提示されたが断り、卒業と同時に父

写真5　張資平

親も辞職。広州の官立学校を受験し、高等巡警学堂に入学、日本人教員や革命派教員などの授業を受けた。巡警学堂在学中、租界のある都市・広州で、黄花崗の起義（一九一一年三月）、暗殺・爆弾事件を見聞し、辛亥革命（一九一一年十月）時には、香港に一週間ほど避難し辮髪を切っている。一九一二年民国成立後、広東省国民政府派遣官費留学生試験に応募、受験者千名余りから三〇名選抜の日本留学生枠に入った。

彼は清末の広東の山村に生まれ育ち、家塾での教育と教会学校でのミッション教育を受け、租界都市・広州で辛亥革命を経験し、民国成立後は大正期の日本に渡り大正文化の洗礼を受けることになった。十九歳の彼は、日本でどのように過ごしたのだろう。

1　大正期中国人日本留学生

張資平が日本留学中に書いた小説「木馬」の冒頭部分を読んでみよう（引用は筆者訳）。

Cは今年六月にK市の高等学校を卒業した。前々週東京にやって来て、友人の家に二週間身を寄せ、理科大学受験の準備をした。現在彼は大学に合格し、今後長く東京に住むことになったので、落ち着いて勉強できる静かで清潔な下宿を探そうと思った。

第一次世界大戦勃発前は、日本にいる中国人留学生はほとんど日本人学生よりもお金を持っていたので、下宿や旅館の主人を満足させることができた。そのため中国人留学生が住む所を探すのも、比較的容易だった。だが現在の状況は以前と全く違って、下宿住まいの留学生は十人中九人が下宿代に困っており、みな日本人学生よりけちになった。…中略…

Cは学校付近で、何軒か小奇麗な下宿を尋ねてみたが、中国人は入居させないと言う。彼はひどく傷ついた。その理由は、下宿の主人が、C自身がだめだと言うわけではなく、ただ中国人はだめだと言ったからである。彼の頭脳は大変冷静だった。下宿の主人がひどいからといって日本人全体がひどいと言うつもりはなかった。東京の人は留学生に対して薄情だと思っただ

写真 6　張資平の学んだ旧制五高本館（現熊本大学）

けだった。なぜなら、彼はK市に三年住んでいたが、K市の下宿も人もみな彼への対応が悪くなかったからだ（『創造（季刊）』一―二、一九二三年八月）。

張資平は、東京での日本語習得と官費支給学校受験の苦闘を経て、一九一五年九月熊本の旧制第五高等学校に入学、第二部理科（採鉱専攻）で学んだ後、一九一九年九月東京帝国大学理学部に進学した。「木馬」にいうK市は、彼が生活に十分な官費を受給して経済的に安定し、帝国大学への進学もほぼ約束された旧制高校（大学予科）時代を過ごした熊本市のことである。この文には熊本で接した下宿や周りの人への好感が率直に示されている。同時に、来日後七年間の生活経験をふまえ、下宿の主人のすげない態度にも感情的な反応をしない、彼の理科的で冷静な観察と判断の眼もうかがわれる。初期作品から九州・熊本を舞台とする作品を見てみよう。

2　短篇小説「ヨルダン川の水」（原題「約壇河之水（The Water of Jordan River）」）

この作品は、彼が旧制五高時代に執筆を始め、大学一年の学年末三日間で書き上げ、「科学救国」を掲げる在日中国人留学生学術団体「丙辰学社」発行の総合雑誌『学芸』二―八（一九二〇年十一月）に掲載された。自分自身の体験に加えて、熊本で知り合った娘や京都の友人の下宿の娘から受け取った手紙を基に、数年にわたり何度も改稿を重ねて書き上げた作品だという。

海辺にて

作品冒頭は、次のような海辺の描写から始まる（引用は『学芸』からの筆者訳。以下同）。

彼は頭の手拭いと腰の半ズボン以外、何も身につけていない。彼だけでなく、砂浜で座ったり、眠ったり、立ったり、歩いたりしている学生たちも、みんな同じような格好だ。違っているのは、手拭いと半ズボンの色だけである。

彼は砂の上に横向きに寝ていた。太陽がちょうど真上にあり、目をあけて空を仰いでいられないからだ。波打ち際の砂は熱く焼けている。だが、海からあがったばかりなので、砂の熱さを感じなかった。砂から立ちのぼる陽炎は、揺れ動くガラスや振動する白雲母のようにキラキラ輝き、眩しくて頭がクラクラした。仕方なくまた起き上がった。

辺りの学生たちは、三々五々集まって談笑している。ただ一人彼だけは黙り込み、学校の微積分の難題を解いているかのように、前方の波に浸食された岩礁と正面の遥かな水平線を眺めていた。空には一片の雲もなく、遠くに一筋黒い山の稜線や空と海の間に点々として南風を受け北に向かう白い帆が見えなければ、水と空の境界線は全く見分けられない。

彼が一人で砂浜にぼんやり座っていたのは、ほかでもない。この時湾内に停泊していた小さな汽船――煙突からまだかすかに黒煙を吐き出している小さな汽船――を見て、故郷の家を思い起こしていたからだ。家のことを思えば、ただちに良心が疼きだして、彼を責めるのだった。たかが娘ひとり――しかも心の底から彼を愛しているわけではない娘――のために、家に帰らずにいるべきではない。父が亡くなって二年もたつのに、まだ様子を見に帰らないでいるとは。……中略……

彼は良心の呵責と最近味わった失恋の苦痛のために、魂がぬけたようになって、この海岸にやって来た。この有名な海水浴場にやって来て、すでに一週間以上になる。しかし、精神は安定せず、魂も落ち着かない。

この海岸は、南風を受け北に向かう帆船が点在することから北向きの海岸である。しかも湾内に故郷広東を思い起こさせる汽船が停泊する港もあり、北の水平線上に一筋黒い山の稜線が見える海水浴場がある。張資平は、一九一八年の夏に箱崎海岸で二ヵ月過ごしており、この間に筥崎宮の参道で郭沫若《かくまつじゃく》と出会って、後の「創造社」発起につながった。

冒頭部分は、北に志賀島を望む博多湾の箱崎海岸をふまえた描写であろう。以下、浜辺で父の死と失恋に苦しむ主人公の回想によって作品は展開する。

回想――雨の夕べ――

彼（韋）は、幼年期に母を亡くし、二年前には父も亡くしていた。しかし日本に留学中の彼は、帰郷しなかった。荒れた墓と親族からの非難を思うと良心が疼いた。寂寞の中にあった彼を慰めてくれたのは、下宿の娘（芳妹）だった。彼女が部屋の掃除や食事の世話をしてくれていたので、二人の間には恋愛感情が芽生えていた。

ある日の夕食後、市内から本を買って帰る途中、家に帰り着かないうちに突然雨が降り出した。あいにく傘を持っていなかったので、とある店の軒下で、ぼんやり雨宿りするほかなかった。彼の目の前をたくさんの人が通り過ぎて行く。傘を持った人、雨合羽を着た人、人力車に乗った人、馬車に乗った人、車に乗った人。車の先の二本の明るいヘッドライトに照らされ、空中の雨足がいっそう激しくなったように見えた。

「韋さん！　傘を持ってないの？　私の傘、小さいけど、無いよりましでしょ。いっしょに行きましょう！」

彼女は片手に傘を持ち、もう一方の手に風呂敷き包みを抱え、市内でなにか買い物をしての帰りらしく、ニコニコして彼の前に駆けて来た。彼も彼女に笑いかけた。

「どうもありがとう！　君は僕を苦難から救ってくれる観音様だ！」

「あら！　あなたって、いつもからかってばかり！　いやな人……それじゃ私ひとりで帰るわ。あなたがずぶ濡れになろうと、私には関係ないわ！」

「芳妹！　許してくれよ。」

雨傘を取り上げて片手を肩にかけ、わざと近くに引き寄せて、いっしょに帰って行った。

「誰があなたの妹なの！　恥ずかしくないの！　早く手をどけてちょうだい！　こんなにくっついてちゃ歩けやしないわ。」

「傘が小さいから、くっつかなくちゃならないよ。」

「前から来る人が私たちを見てるわ！」

彼女は彼の耳元に口を寄せ、小声でささやいた。

そのひと息ひと息が、まるで弱いアルコールの酵母のように彼の鼻孔をくすぐった。彼は彼女のかすかな呼吸を感じとり、全身が発酵したようにかっと熱くなった。


二人は、市内から小さな傘の下に身を寄せ合って帰って行った。途中の静かな住宅街にかかるあたりで、彼は感情を抑えきれず、ついに彼女を誘い契りを結んでしまう。

大正期の熊本では、旧制五高は黒髪村にあり、五高の西側の小幡町・七軒町までが熊本市内であった。当時の五高生が利用する市内の本屋といえば、新町に本店、上通町に支店を構え書籍・文房具を揃えた長崎次郎書店（一八七四年創業、一八八九年上通町店開店）、あるいは、上通町の古書店、舒文堂（一八七七年創業）・天野屋（一九一六年創業）あたりか。安巳橋通三年坂のメソジスト教会そばにも書店があったようである。上通から五高付近まで徒歩で三〇分ほどの道のりである。上通町の商店街・草葉町教会・藤崎宮参道付近から寺院のある道を行くか、千反畑・子飼を行けば、やがて赤煉瓦造りの五高正門に行き着く。

また熊本県最初の自動車は、一九一二年九月にフランス製一四人乗り自動車が運輸営業用に導入されたという。張資平在学中の一九一八年で、県内自動車普及台数は八台である。

回想――K市からの手紙――

雨の夕べから二ヵ月が過ぎた。九月になり、二ヵ月間の鉱山実習に出かけた彼は、K市にいる彼女からの手紙に一喜一憂する。別離の寂しさと愛情あふれる手紙の後、身ごもったこと、母親に知られたことを伝える手紙が届く。

彼女は先の一通を書いてから一週間ほど、手紙を寄越さなかった。……中略……

十日目になってやっと手紙を受け取った。

「あなたはきっと怒っているでしょう？　私のこと許せないかしら？　長いこと手紙を書かなかったのには、理由があります。私の話を聴いたら、きっと許してくださるわ。だって私はあなたの愛する者の一人だから。――違う、そうじゃないわ。私はあなたの唯一無二の愛する者だから、と言うべきだわ！

伯母が来ています。はるばる東京から、母と私と妹に会いに来たんです。前にあなたに話した、東京で大きな旅館を開いている伯母です。子どもがいないので、私が小さかった頃、養女に欲しいと母に頼んだのですが、母は承知しませんでした。それで何年も会っていません。今回は母が呼んだのです。伯母は来週、私を東京見物に連れて行き、半月経ったら帰すと言ってます。あなたと離れたくなかったから、最初は気が進まなかったんです。でも東京に行ったことがないので、行ってみたいとも思いました。……中略……

伯母が来ているので、毎日忙しくしています。お供であちこち出かけなきゃなりません。昨日はあなたの学校に、植物園の花と運動場を見に行きました。伯母にあなたの実験室を指さして見せました。けれど伯母は私のように喜んで実験室を見てはいないようでした。

これが何日も手紙を書かなかった理由です。許せないかしら？　だとしたら私怒ります。

――いいえ、違うわ。心から愛する韋さん！　許してくれないなら、泣いてしまう……」

数日後、いっしょに撮った写真を胸に、急行列車に乗って東京に行くとの手紙が届く。

前記の手紙には、学校の植物園と運動場、実験室を見に行ったことが記されている。大正期、赤煉瓦造りの五高本館前ロータリーの南側には植物園があり、本館西側には運動場の武夫原がひろがっていた。本館東側には同じく赤煉瓦造りの化学実験室と物理実験室が南北に並んでいた。現在の熊本大学黒髪北地区構内で、本館は五高資料館として保存・公開されており、武夫原も今なお運動場として使用され、化学実験室も現存している。

別離と赦し――東京からの手紙――

鉱山実習が終わる頃、東京の彼女から手紙を受け取った。伯母が彼女をK市には帰らせず、田舎の女医に預ける手配をしたこと、帝国劇場でトルストイの「復活」を見て不安でたまらないこと、もう会えないだろうという。彼は実習先からK市にもどって一週間後、耐え切れずに下宿を出たのだった。時は流れ、冒頭の海岸で、彼は二人の恋愛の経緯を思い返し、彼女と二人の間の結晶体のことを思って、良心の呵責に苦しんでいたのである。

ある夜、海辺の旅館にK市工科大学校採鉱科の彼宛ての手紙が転送されてきた。彼女は東京市外の村で、キリスト教徒の女医に看護されて半年過ごし、その間に礼拝堂で説教を聴き聖書を読んで自分の犯した罪を悟ったこと、人間に代わってすべての罪悪を背負うことのできる人に帰依したという。そして、先月出産したものの生後三日で子どもを亡くしたのだと。不意に歌声が聞こえてきた。松林の裏手にある礼拝堂からだ。彼は礼拝堂に向かって駆け出し、入り口に立って賛美歌に耳を傾けるうちに、いつしか中に入り、救い主の慈愛を信じ罪の赦しを感じた。その夜、夢に亡き父と彼女が現れ、彼への赦しを告げた。

以上が「ヨルダン川の水」の物語である。

レフ・トルストイ（一八二八〜一九一〇）の「復活」（一八八九〜九九年作）では、地主姉妹の養女カチューシャが、姉妹の甥ネフリュードフ公爵に誘惑されて身ごもる。養母に屋敷を追われ子どもを死産したカチューシャは、娼婦に身を落とし冤罪による強盗殺人の罪でシベリア流刑となる。偶々陪審員として裁判に立ち会った公爵は、若き日の自らの罪を自覚し、無実の彼女を救うために結婚を決意しシベリアへの旅に同行する。頑なだったカチューシャは、公爵の誠意に打たれ愛するがゆえに同行を断り、他の流刑囚と共にシベリアへ向かう。別れを告げる二人の姿、公爵の悔い改め・カチューシャの再生に、寛容と赦しを説く聖書の句が重なり合う。手紙の中で触れられている「復活」とは、トルストイ原作・島村抱月（一八七一〜一九一八）脚本・松井須磨子（一八八六〜一九一九）主演の芸術座（一九一三年結成）による帝国劇場での公演である。一九一四年三月末の一週間、帝劇で初演され大成功後、福岡や熊本を含む日本各地を巡演、舞台挿入歌「カチューシャの唄」は一世を風靡した。

「ヨルダン川の水」は、父を亡くした中国人留学生と日本人娘の恋愛と別離を描いたものだが、作品の構成（恋愛と別れ、妊娠と産児の死、良心の呵責とキリスト教による救い）、登場人物の配置（誘惑する男性、身ごもり仲を裂かれる女性、介入する母・伯母）、聖書の句や賛美歌への言及、キリストへの帰依、救いと赦しといった問題の提示は、明らかに「復活」を下敷きにしている。大正期の日本におけるトルストイ受容、及びキリスト教受容の状況をも反映していると言えよう。なお、張資平は、広東ではアメリカ留学・宣教師への道を拒んだが、東京帝大進学後にキリスト教に入信している。亡父への追悼と自責の念を枠として、抱月・須磨子版「復活」をふまえた恋愛構成・人物配置を中に加え、緻密でデッサン的な場景描写、自然な会話文体、情感あふれる手紙文、感傷的悶々とした回想告白体、大正期の新生事物（自動車、写真、急行列車、物理・化学・数学の用語など）への言及、自由恋愛と性の問題を避けないことによって、大正という時代の息吹き・社会相を感じさせる通俗的で読みやすい作品となっている。

3　長篇小説『沖積期化石』（創造社叢書第六輯、泰東書局、一九二二年二月初版）

この作品も、旧制五高・三年で書き始めており、父の死を受けて完成を期すも果たせず、大学一年・二年で断続的に書き継ぎ、郭沫若からの「創造社叢書」出版のための原稿督促を受けて、三年生の一九二一年の九月中旬から二ヵ月半で一気に書き上げたものである。彼自身の広東での生い立ちと広州から日本への留学経験を基に、エピソードをつないでいく日記形式の長篇自伝体小説である。作品の中に、同じ村で成長した幼なじみの中国人日本留学生（謝偉と韋鶴鳴）の二人を登場させ、謝偉の回想と見聞記録を通して、韋鶴鳴の境遇と心情を客観的に語るとともに、謝偉自身の日本への渡航、及び下宿の人々との交流を描いている。登場人物二人に複線化した叙述の形式が目を引く。全六十五節構成の長い作品なので、移動部分・広東時代・留学期に分けて概観してみよう。熊本に関わる部分は特に引用を行う（引用は、創造社一九二八年二月改訂三版の上海書店影印版、一九八六年一月出版本による筆者訳。以下同。［　］内は節番号を示す）。

韋鶴鳴からの手紙、謝偉の日本への旅と澄雪［一〜九］

［一］　日本に残り海辺で過ごしていた韋鶴鳴から、夏休みで帰省中の謝偉に手紙が届く。人への思いやりや同情・憐憫の念は時間や距離に反比例して消えていくのではないかと。

［二］　謝偉は三日後には郷里を発ち、広州から香港に行き船出を待った。仲良しの小学生・荘一との縁で下宿した経緯を回想し、その姉・澄雪について、以下のように記している。

最後に私が思い到ったのは、蓬莱山（日本）で日々私の帰りを待ちわびる澄雪だった。——後にやっと私が思い違いをしていたことを知った。彼女は別に私を待ってはいなかった。——私が心に思っていたのは、下宿にいた時、毎日午後、学校から帰ると必ず熱いお湯を部屋に持って来て話したり笑ったりする澄雪だった。

読者はここで、私と彼女には何か曖昧なことがあるのではないかと疑うかもしれない。実際は、私たちはまだ「愛」という段階には達していなかった。——ひとつには彼女がまだ若く——わずか十六歳——恋愛とは何かわかっていなかったから（これもまた思い違いだった）、ふたつには、私の境遇は彼女と「愛」の問題を語るのを許さなかったからだ。私がいつも彼女のことを思っていたのは、下宿して半年、よく行き届いた世話をしてくれたし、とても親切にしてくれたからだ。大きな瞳、すらりとした鼻筋、ふっくらと美しい両の手、かすかな微笑み、本当に誰からも好かれる娘だった。彼女の姿は、私の網膜に焼き付いて永遠に消えはしないと思う。

［三〜八］　謝偉は、八月二十五日の横浜往き日本郵船の三等船室に乗り、香港から上海を経て九月二日に門司に着いた。門司からは汽車に数時間乗って目的地に到着。

［九］　下宿の人々との再会シーンはこうである。

日本の国の南に、海に囲まれた島がある。この島の西南にＫ市がある。山を背にして海に面しており、地勢が大変よい。私が入った学校はこのＫ市郊外の村にあり、Ｋ市の停車場から五キロほど離れているが、幸い電車が通っていて不便は感じない。

私が野沢家（野沢というのは澄雪の姓である）に着いたのは、ほぼ夜の十時過ぎだった。荘一と母親が玄関の上がり口に座って出迎えてくれた（日本で客を迎える時の礼儀である）が、澄雪は姿を見せなかった。……中略……

玄関に入った時、私が失望したのは、澄雪が出てこなかったからだが、最初は遊びに出かけてまだ帰宅していないのだと思っていた。母親としばらく話していたが、依然として澄雪の姿は見えなかった。聞きただすのも具合が悪く、持参した手土産を渡すと、二階の部屋に上がった。カバンやトランクを運んでくれたのは荘一だった。熱いお湯と茶道具を持って来てくれたのも荘一だった。部屋であれこれと子どもらしいおしゃべりをして、帰国中の家での出来事を全部話してくれた。…中略…ただ姉の澄雪の事だけは話さなかった。

「姉さんは、どうしていないの？」

荘一はこの言葉を聴くと、うつむいて両手を膝の上に置き、ちょっと考えこんで、

「伯母さんの家に行ってるんだ。何ヵ月かしたら帰ってくるよ。」

「そんなに長く！　伯母さんのところは遠いのかい？」

「そう遠くない。向こうの家でご用があるから、手伝いに行ってるんだ。」

私には、これは全部嘘だとわかった。もし本当なら、下宿に着いた時に母親が先に言うはずだし、私もそれ以上尋ねることはしない。……中略……私はこの夜、ただひたすら、澄雪がなぜ不在なのか、その理由を考えあぐねていた。……

引用文中のK市が熊本市を指すことは明らかである。停車場（現在の上熊本駅）から電車が通っているというのは、小さな蒸気機関車で小型客車一両を引く当時の軽便鉄道をいう。一九〇七年末より敷設・延長され熊本市内外を走っていた。大正後期に電化され一部が後の市内電車となる。

広東での境遇と進学［十～四十五］

［十］　この節では、二人の故郷、広東省東北の省境、山の南麓にある村の地勢と宗族間の関係、一八九四年のキリスト教の流入、男性の南洋出稼ぎと女性労働の風習を記す。

［十一］　貧しい韋鶴鳴と一歳年下ながら豊かな謝偉は、同じ啓蒙塾に通ううちに貧富の差を意識し始める。鶴鳴は貧しいことへの引け目を感じ、謝偉は彼の気持ちに敏感になる。

［十二～十四］　韋鶴鳴は父親のタイへの出稼ぎと母親の死により、韋一族の長にあたる伯父の家に預けられる。午前の塾、午後の牛飼い、日のあるうちに帰れば鞭打たれる生活。鶴鳴は、童養媳《トンヤンシー》（息子の嫁にするため育てた女の子）として他家に売られた劉四妹と仲良くなり、草刈をする彼女と助け合う。

［十五～二十八］　タイから鶴鳴の父親が帰国、初等塾を開いた。やがて、キリスト教会の宣教師付き中国語教師となり、教会付設学校の教師となる。鶴鳴・謝偉も初等塾から教会学校に入学する。教会学校での教師たちの姿を描きつつ、宣教師や牧師に盲従する者を批判し、聖書の理解と教義の実践にこそキリスト教徒たる者の資格があると論じ、義理の娘に売買婚を強制し自殺に追い込んだ中国人牧師の偽善を記す。

［二十九～三十八］　教会学校のある同級生は成績が良かったが、貧しい小作農の父が亡くなり、葬儀費用と生活のため退学し働き始める。貧富の差と進学問題への義憤を記す。

［三十九〜四十五］　二人は官立学校受験に挑み広州の法政学校に進学。授業や革命派の教員について語り、辛亥革命前夜の広州の騒然とした情景や弾圧の恐怖を点描しつつ、鶴鳴の食費支払いも滞る経済的に厳しい学生生活、仕送りを続ける父親の苦心に触れている。

日本留学、東京からK市へ［四十六〜六十一］

［四十六〜五十五］　鶴鳴と謝偉は、官費派遣留学生試験に合格、日本に留学する。二人は神田に下宿し、鶴鳴は目白の同文書院、謝偉は神田の予備学校で日本語を学び始めた。その後、鶴鳴は他の官費留学生と家を一軒借り、知り合いの娘を女中として雇う。その娘との恋愛に踏み込もうとした時、父親の手紙によって思いとどまり、学業の道にもどる。

［五十六〜六十一］　鶴鳴と謝偉は、東京を離れてK市高等学校に入学した。留学生は二人だけではなく、前後に十数人が入学、極めて多彩であった。鶴鳴は入学の翌年夏、婚約のために帰国を求める父からの手紙を受け取る。郷里での親同士が決める売買婚の習慣を嫌い、帰国せず留学生仲間と東京に近いF海岸へと出かけた。夜汽車の中で不吉な夢を見てうなされ、F海岸の旅館には父親が病床で息子の帰国を待っているとの手紙が届く。K市にもどって五十日後に、父の死を知らせる手紙。葬儀のために帰る必要はないとの遺言を残し、一族の者によって遺体はすでに家の裏の沖積層に埋葬されたという。

鶴鳴の孤独と悲傷［六十二］

鶴鳴は父の死後、これまでの知り合いが彼のことを気にかけてくれず、見下されていると感じていた。鶴鳴自身が神経過敏なのか、それとも友人たちが世俗を嫌悪する彼の態度に反感を抱いたのか、局外者の私には推測のしようがなかった。

私が彼といっしょに学校の裏手にある林の中の旅館に住んでいた頃、ある晩のこと、異常に寒く渓流の響きと吹きすさぶ風音が聞こえるばかりだった。私は、何気なく書棚から古典を取り出し、司馬遷の「任安に報ずる書」を声を出して読み始めた。「……早く父母を失い、兄弟の親無く、独身孤立す……」まで読み進んだ時、隣室の鶴鳴が激しく泣き出した。…中略…

彼は熱い涙で山の積雪を溶かすべく、十二時を過ぎ旅館中の人が寝静まった頃、ひとり雪を踏んで頂上まで登り、存分に泣いてからようやく宿舎に戻った。

彼の寂寞は頂点に達した。彼を慰めてくれる人、見守ってくれる人、励ましてくれる人、魂を受け入れてくれる人が欲しかった。かつて母親が愛撫し、父親が養育し、彼が数年来鍛錬してきた身体をその人に託したかった。

山林の中の旅館——耐え難いほどの悲愴な雰囲気に包まれた旅館には、もはや住んでいられなかった。

年が明けてわずか数日で、彼は風に雪が舞う中を引っ越して行った。彼がどこに住んでいるのか知る者はいなかった。彼のほうもどこに引っ越したか知らせようとしなかった。

彼は一ヵ月余り授業に出なかった。それ位授業にでなくても、学生であれば何も不思議ではない。友人たちも気にしなかった。ただ私だけは、何人も日本人の同級生の間を尋ねまわって、やっと彼がある寺に引っ越したことを知った。

寺の庭には古木が空高くそびえていた。幸い葉が落ちて枝ばかりになっていたので、そう薄暗くはなかった。彼は夕食をすませると、マントをはおり、庭の中を散歩した。寺の裏手には二軒宿舎があり、たくさん学生が住んでいた。

寺院の門口は電車道である。電車道に沿って東北のほうに数十歩行くと、一面の桑畑が広がっている。電車の軌道は桑畑を横切って、延々と東のほうへ続いている。ほぼ電車と並行して一本の川が西のほうへ流れていく。川の中では、数匹の小魚が流れに乗って行こうとせずに、大きな母魚のあとを追い流れに逆らって泳いでいる。興味を感じて、彼は流れのそばにうずくまって、じっと見つめていた。夕暮れの風が強く吹きつけてきたが、冷たいとも思わず、ただ両の耳だけが熱っぽかった。……中略……

「韋さん！ 夕食の支度ができたわよ！ 早く帰ってきて！」

お寺の住職の長女・芳児が電車道のそばに立ち、声を張り上げて呼んでいる。

引用文にいう学校の裏手にある林の中の旅館——耐え難いほどの悲愴な雰囲気に包まれた旅館から、鶴鳴が夜中に山頂に登って泣いた山は、立田山である。また文中の電車道は、先に触れた軽便鉄道の軌道である。当時、藤崎宮前（北千反畑）から浄行寺・立田口・五高前を通り大津まで延長された大日本軌道の軽便鉄道路線（一九〇八年開通、一九一四年国鉄豊肥線開通に伴い一部区間を残し運行停止）があった。軌道に並行して西に流れる川とは、熊本市内を東北から西南に流れる白川である。軌道が延びる方向と距離および白川の流れに近いことから見て、鶴鳴が引っ越していった寺院の位置は、子飼橋近くの軌道沿いの寺院が想定されよう。

鶴鳴と芳児についての記述［六十三］

芳児は、寺の住職の上の娘で、今年ようやく十七歳。天真爛漫な娘である。鶴鳴が初めて彼女の家を訪れた時、外国人だと知って話はせずに、深々と黒い瞳で彼のほうを見て笑いかけただけだった。

二週間経ってもなお、彼女は頬を染めずには、部屋に食事を運んで給仕もできなかった。ある日曜日、芳児は綺麗な新しい服を着て食事を運んで来た。用事が終わったら、どこかへ遊びに出かけるようだった。

「芳児！　新しい服に着替えてどこに行くの？」彼女はうつむいて答えない。

「映画を見に行くのかい？　公園？　それとも運動会？」彼の問いかけに思わず笑った。

「全部違うわ！」

「どこに行くの？」

「写真を撮りに行くのよ！」

「誰と？」

「父さんと行くの。妹もよ！」

「………」彼は顔を伏せて何かもの思いに沈んでいるようだった。

「韋さん！　韋さんったら！　何をぼんやりしているの？」笑いながら彼の肩を押した。

「芳児！　本当に幸せだね。羨ましいよ！」やはり、うつむいたまま、ため息をついた。

「なぜそんなこと言うの？　わからないわ！　はやく言ってよ！　何か辛いことがあるの？」

二人の間の沈黙が五分ほど続いた。

「芳児！　肩の黒い喪章が目に入らない？」まだ言い終わらないうちに、思わず涙がぽろぽろ畳の上にこぼれた。神経が衰弱したその状態に、彼女は驚いた。

その後、彼女は鶴鳴が何度も神経衰弱の症状を示すのを見た。芳児の神経が高ぶった時には、いっしょになって泣き、涙をぬぐってくれた。

ある日、芳児が彼の部屋に入ったきり、なかなか出て来なかった。母親は急いで娘を呼びに行った。

「母さん！　この人また泣いてるの！」母親が駆け込んできたのを見て、きまり悪そうに赤くなって言った。

「芳児！　ちょっと出かけてくるから、早く台所に行って火の番をしておくれ。ご飯を焦がすんじゃないよ！　人のことにかまい過ぎだよ！」母親は不機嫌そうに出て行った。

……中略……

「韋さん！　さっきの母さんの言葉気にしないで。ただ私の気持ちをわかって欲しいの。」

「言ってることがわからないよ。」

「あなたみたいに可哀想な人、私以外、誰が慰めてあげられるの！」

鶴鳴は、この一ヵ月程の芳児の態度を思い出して、思わず彼女のために泣いてしまった。今回は亡き父のためではなく、生まれて初めて女性のために涙を流したのだった。彼女は彼の王妃になる資格があるのだ、彼を慰め、愛してくれる人、彼を励まし、魂を受け入れてくれる人だと、彼はみなした。だが、なんと事実は彼の期待とは全く異なっていた！

彼女が離れて行った後、鶴鳴は三週間入院した。その時、彼はようやく私に手紙を書いたのだった。退院後、神経衰弱はひどくなるばかり、世間に対する反抗心も激しくなるばかり。この日記冒頭の手紙は、鶴鳴が神経衰弱症を患っていた時期に書いたものだ。

鶴鳴のこと［六十四〜六十五］

謝偉は鶴鳴を訪ねた。彼は芳児の家にはいなかった。海辺から戻った後、学校近くの小さな旅館に移っていた。そこで、夏休み中K市にいた他の同級生が、澄雪が家にいない――この世にいない理由を語った。澄雪は野沢家を訪れた父方の従兄との恋愛の前途を悲観して、転地療養のためK市外のS火山の温泉場に行った従兄とともに、山頂の噴火口に身を投げたのだという。十月にK市ではインフルエンザが流行し休校となった。ある晴れた日に、謝偉は下宿の荘一や幼い妹たちにせがまれ、校内の草原に月見草を摘みに行く。鶴鳴も草原で本を読んでいた。髪に飾ると父母に不幸があると忌まれる月見草の花を、子どもたちはもはや父母のいない鶴鳴に手渡し、彼は制帽に挿したのだった。

かくて二人の青春期の高等学校生活は終わり、『沖積期化石』もここで終わっている。澄雪が身投げしたK市外の温泉場のあるS火山噴火口は、当時から数々の投身者が出ていた阿蘇火山口だと推測される。最後に月見草を摘んだ草原は、五高の武夫原である。

この作品は、清末から民国初期にかけて、広東東北部の同族が集住する山村で、貧しい家庭に育ち、中国式の伝統教育と教会学校による西洋式教育を受けた青年の、進学による立志伝であり筆記による内省の書である。近代中国における宗族支配・貧困・婚姻・教育・宗教・偽善・愛国・

「西欧の衝撃」等の問題と社会批評が含まれ、大正期熊本を背景に、異性に目覚めながら失恋する青春の記録でもある。そして、没落家庭に生まれ同族支配の枷に苦しみつつ、一人息子の養育と教育に心を砕き、死に臨んでも息子には自分が歩んだ道を行かせまいとする父親の姿が浮かび上がり、息子から亡父への鎮魂の書ともなっている。

おわりに

張資平が「木馬」の中で好感を込めて言及したK市（熊本市）は、「ヨルダン川の水」『沖積期化石』両作品において、父の死に泣き、下宿の娘に慰められ、彼女への恋心を抱き破れ、神経衰弱に陥った青春の地として登場する。二作に共通する韋と芳という名の若き二人は、張資平が自らの失恋体験を投影し記述することによって客観化し乗り越えようとした人物形象のようである。五高時代に書き始めながら完成できず、熊本を離れ東京において冷たいあしらいや経済的困窮にさらされ、一定の時間的経過を経て濾過され浄化され、ようやく書き上げた「青春への悼み」でもあろう。たとえ片思いや別離であっても、この地には、彼を受け入れ肉親を亡くす悲しみを分かち合う人々がいたこと、人としての共感があったことが、これらの作品には込められていたのである。

（松岡純子）

参考文献

『我的生涯』（上海現代書局、一九三二年）
『資平自伝（従黄龍到五色）』（第一出版社、一九三四年）
『花稜会三十年史』（花稜会事務局、一九二六年）
『龍南回顧』（東京五高会、一九六七年）
『熊本県大百科事典』（熊本日日新聞社、一九八二年四月）
『熊本市制一〇〇周年記念　図説熊本・わが街』（熊本日日新聞社、一九八八年十一月）
『熊本の文学　第三』（審美社、一九九六年三月）

翻訳

芦田肇訳「ヨルダン川の水」（『中国現代文学珠玉選　小説二』二弦社、二〇〇〇年三月）

張資平《ちょうしへい》（チャン・ツーピン、一八九三～一九五九）

広東省梅県生まれ。アメリカ浸礼教会付設の広益中西学堂（一九〇六～一〇）を卒業。一九一二年日本に留学。東京の同文書院・旧制第一高等学校特設予科を経て、熊本の旧制第五高等学校（一九一五～一九）・東京帝国大学理学部（一九一九～二二）を卒業。一九二一年「創造社」結成に参加。翌年帰国。広東で鉱山技師、武昌・上海で大学教授を務めながら、自伝小説・身辺小説・多角恋愛小説を多数発表・出版、流行作家となる。一九二八年「創造社」を離れ、自ら書店を興し雑誌を発行したが、三一年経営破綻。一九四〇～四三年、南京の汪兆銘政権に出仕。戦後、漢奸罪・反革命罪に問われ、一九五八年に懲役二〇年の判決を受け、翌年安徽省の労働改造農場で病死。

第四章　夏衍と北九州

1　日本留学まで

中国には中日友好協会という組織があり、日本との交流の窓口としての役割を果たしている。これは日本の民間団体である日中友好協会とは些か性格が異なり、両国間の国交がまだなかった一九六三年に周恩来総理の指導のもと成立した、いわば官製の友好団体である。特に一九七二年の国交回復まで、中日友好協会は国交樹立に至る水面下の交渉で重要な任務を果たしてきた。初代会長は廖承志《りょうしょうし》、名誉会長は郭沫若《かくまつじゃく》であった。廖承志は一九八三年に逝去するまで二十年間会長を務めたが、その後を継いで会長に就任したのが夏衍《かえん》（一九〇〇～一九九五）だった。

日本と深いつながりがあり声望も高い郭沫若や廖承志に比べ、夏衍という文学者は一般に日本人にはあまり知られていない。しかし実は日本、特に九州とは縁が深く、また中国の文学界、映画・演劇界では「夏公」と称され重鎮として尊敬されていた人物であった。彼が九州と関わりを持つに至ったのはどのような経緯だったのか、それを知るために彼の青少年時代に立ち戻ってみたい。

夏衍、本名沈乃熙《しんだいき》は一九〇〇年、義和団事変の年に、浙江省杭州郊外の厳家衖《げんかこう》という町の没落地主の家に生まれている。清朝末期から辛亥革命にかけての戦乱に明け暮れる世に少年時代をすごすが、家庭は日々貧窮にあえいでいた。家計を助けるため、十五歳のときから一年ほど染物工場に徒弟奉公にも出た。その後、杭州にあった甲種工業学校に公費生として入学し、一九一五年から二〇年までの五年間、この学校で工学の基礎を学んだ。甲種工業学校は機械、紡織、染色、化学などの学科を持つ技術教育中心の学校で、校長の許炳堃《きょへいこん》は「実業による救国」を信念とする人物であった。夏衍がのちに日本に留学して工業を引き続き学ぶことになる道筋も、この学校で教育を受けたことが出発点となったと言っていいだろう。

一九一九年、中国全土を揺るがした五四運動の波は、夏衍のいた杭州にも波及する。浙江省立第一師範学校とともに、甲種工業学校は杭州の学生運動の中心であった。進歩的な学生たちはデモを組んでスローガンを叫び、日本商品不買運動を行い、さらに『双十』という週刊誌を発行する。十月十日に創刊されたから『双十』、と名づけたのであるが、のちに『浙江新潮』と名を変えた。夏衍はこの雑誌の同人のひとりであり、沈宰白というペンネームを用いていくつか文章を書いている。

ところが五四運動に参加したり『浙江新潮』に文章を書いたりしたことで、翌年の夏に卒業を控えていた夏衍は思わぬ壁に突き当たる。試験の成績が良かったにもかかわらず、「品行」が不合格の評価を受けたのである。なんとか卒業することはできたものの、志望していた教員への道は閉ざされ、卒業後の進路に悩むこととなった。フランスへ渡り「勤工倹学」（働きながら留学する制度、当時はフランスへの勤工倹学生が多かった）する道を探ったが、実現には至らなかった。

苦境に陥っている夏衍に日本留学を勧めたのが、甲種工業大学の許校長である。学校の規律に反して学生運動に関わったことが夏衍の将来の進路を閉ざす結果を招いたわけだが、優秀な学生を救おうとする許校長の懐の広さに夏衍は救われたのである。かくして夏衍は、「工業人材の育成のため」国費により日本に派遣されることになった。許校長の《よく勉強しなさい、もうああいった学業と関係のないことをしないように》（夏衍『懶尋旧夢録』）という別れ際の言葉を聞きながら、「学業と関係のない」学生運動に関与したことを決して後悔はしていなかった夏衍は、心中釈然としないものを感じながらも、まだ知らぬ日本へと旅立っていった。

2　炭鉱王安川敬一郎と明治専門学校

一九二〇（大正九）年秋に来日した夏衍はまず東京で半年間の日本語研修を行い、そして翌年春に入学した学校が、北九州戸畑にあった明治専門学校（明専）であった。現在の九州工業大学の前身である。当時、中華民国政府が派遣する官費留学生は帝国大学ないしはそれと直結する国立の高等学校に入学するのが一般であった。しかし明治専門学校は私立学校としては珍しく中国からの官費留学生を受け入れていた。その理由はあとに述べるように、創設者が中国と特別な関係にあったことによる。

一九〇七（明治四十）年に設立認可を受け、一九〇九年に開校した明専の創設者は、麻生、貝島と並ぶ「筑豊御三家」として知られる炭鉱王、安川敬一郎（一八四九〜一九三四）である。安川敬一郎は黒田藩士徳永省易の四男、十六歳で安川家に婿入りしている。幼時より漢籍の素読を習い、藩命で京都、静岡に留学、静岡では勝海舟の謦咳に接し、その後は慶応義塾に学ぶなど、東西の学問を修めた人であった。敬一郎は兄弟四人のうち二人の兄を亡くし、四家の家計を世話しなければならなかったという事情から、学問を断念、福岡に戻り炭鉱の経営を始める。これが一八七四（明治七）年のことである。当初は石炭を必要とする産業も少なく振るわなかったが、日清・日露戦争により石炭産業は急速に伸張、一九〇八（明治四十一）年には明治鉱業株式会社を設立するまでに至る。

巨財を成した安川であったが、しかし本質的には学者肌の人物であったようで、《殖産興業は余が本来の志望にあらず》（安川敬一郎「子孫に遺す」『撫松余韻』）という考えを持っていた。日露戦争後に《意外の過剰を生ずるに至》ったのを機に《本業以外の動産全部を投じて我国最急の需要に応ずべく科学的専門教育機関の設立を決行》したのであった。それが即ち、明専の設立である。杭州の甲種工業学校がそうであったように、日本でもまた、工業技術の人材育成が急がれた時代であった。技術畑の人材育成は国力の増強に直結していた。安川のように石炭で一儲けした者の中から私財をなげうって教育事業に傾倒する者が出たとしても不思議ではなかった。

写真 7　明治専門学校創立者，安川敬一郎

明専の設立において安川敬一郎は次男の松本健次郎（一八七〇〜一九六三、松本家の養子となったので松本姓を名乗る）に学校経営を託し、「七博士事件」で辞職したばかりの元東大総長山川健次郎（一八五四〜一九三一）を初代総長

として招く。事実上この三人が創設功労者と言ってよい。徳育を重んじる愛国主義者の山川健次郎は、自らの理想を明専に託したといってもよいだろう。第一回卒業式で山川が訓辞の中に述べた「技術に堪能なる士君子」との言葉は、技術教育と人間形成がともに欠くことのできない明専の二本柱であるとの認識を示し、現在の九州工業大学にまで受け継がれる建学の精神となった。

山川の実践した人間教育を体現するものの一つに、すべての明専学生に課せられた厳しい軍事教練がある。明専に入学した夏衍にはことさら印象深かったようで、「歩兵操典」「築城教範」の科目のほか、冬の真夜中に突然叩き起こされる「寒稽古」の様子を、のちの回想録『懶尋旧夢録』に詳細に記している。また夏衍はその中で、《（日本で）学んだのは電機専攻だったが、もうすべて先生がたにお返しした。私が日本人から学んだのは〝頑張〟の二文字だった。〝頑張〟という日本特有の言葉は訳しにくい。ガンバルというのは我慢して力をゆるめないという意味である……》と述べている。夏衍はまさに明専の軍事教練で「頑張る」という日本精神、武士道精神を学んだと言っているわけだが、実はこの言葉は、結局その程度のものしか自分に役立ったものはなかったのだという言下の意を含む、痛烈な皮肉でもある。

さてこのように独自の理念を掲げてスタートした明専であったが、学校経営は順調ではなく、開学十周年を過ぎて経営状況は急速に悪化していく。やがて安川は一九二一年、学校を国に献納し官立に移行する決断をし、これ以降は官立明治専門学校、一九四九年からは国立九州工業大学として現在に至る。夏衍は一九二〇年に入学しているから、私立時代の最後の入学生ということになる。

ところで安川敬一郎は、若い頃より漢学を修め『論語漫筆』という書物を残しているほどであったが、中国とのつながりはそれだけではなく、孫文と親しく交遊し中国革命に少なからぬ援助をしたという事実がある。安川と孫文との結びつきには玄洋社の存在があり、安川に孫文を紹介したのは玄洋社の頭山満（一八五五～一九四四）であった。そもそも安川の所有炭鉱の一つである赤池炭鉱は、玄洋社の中心人物の一人である平岡浩太郎との共同経営であり、また頭山満も筑豊の鉱区所有者の一人であったとされる。玄洋社の活動資金の多くの部分は筑豊の石炭産業が支えていたのである。そういう関係であったから、孫文にとって安川は間接にも直接にも革命を支援した功労者ということになろう。孫文は一九一三年第二革命に失敗した後「全国鉄路督弁」の身分で来日するが、このときに戸畑の明治専門学校を訪れている。孫文は明専学生の発火演習と分列式を観閲したのち、《其規律あるは痛感に禁《た》へず》（『福日新聞』）との感想を述べるスピーチを行ったという。安川と中国のこのような深い関係が背景にあったのだろう、明専は一九一七年から中国人留学生を受け入れ始め、毎年数名ずつ、多い年で一九名（一九三〇年）の中国人留学生が入学している。夏衍が入学した年、夏衍の回想によると九名が合格し、そのうち夏衍を含む二人が甲種工業学校出身であった。

3　夏衍の明専時代

明専の留学生は入学後一定期間「予科」に所属し日本語や基礎科目を履修することになっていた。予科の期間は、一年三ヵ月、一年、三ヵ月と頻繁に変更されていたようだが、夏衍の入学時は一年間であった。日本語の成績がよかった夏衍はさして苦労することもなく予科の一年を過ごし、さらに英語の授業で文学作品を読まされたことから文学への興味が芽生え始める。暇さえあれば図書館に行きスティーブンソンなどの作品を読みふけり、日曜日には博多の丸善まで出かけて本を買うこともあったという。工学専攻の夏衍がのちに文学者へと方向転換する下地がこの明専時代にできていたと言えるだろう。

一九二三年、すなわち入学三年目だが、夏衍はこの年の夏休みを利用して朝鮮、中国東北、北京、そして故郷の杭州を回る旅をしている。これは三年に一度留学生に支給されることになっている旅行費を使用したものだった。旅行費の額について夏衍は《八十円だったか百円だったか》と回想するが、当時の学生の一ヵ月の生活費が三〇円程度であったことを考えると、アジアであれば夏休みいっぱい旅行しても十分な額であっただろう。夏衍は学生服、丸刈りという日本の学生の姿で、一人で下関から乗船し釜山へ上陸、その後ソウル、平壌を経由して陸路中国に入り、

写真8　明治専門学校校門

瀋陽、ハルビン、北京へと回り、杭州の実家へ戻っている。そして上海から日本に戻ろうとした矢先、関東大震災が発生する。混乱の中、夏衍は中国からの義援組織に参加し、船で神戸に到着する。しかしそこで震災の混乱に乗じた朝鮮人、中国人への迫害事件が頻発していた状況を知り、友人の勧めもあって、東京へ行くことは断念し戸畑へと引き返した。

この旅行における見聞がその後の夏衍の人生に少なからず影響を与えたことが想像できる。回想録には次のように記されている。

　釜山やソウルで見た朝鮮人——子供や女性も含めたあの声なき敵意、奉天の駅で聞いた満鉄鉄道警察が中国の苦力《クーリー》に投げつける凶暴な怒声、北京の路上で見た草のしるしを挿して売りに出されている子供と女性……私の心は長い間静まらなかった。科学技術を学ぶのも、もちろん必要なことだ。しかし私はもう安閑として外国の小説を、暇つぶしの本を読んではいられなかった。

朝鮮人の「声なき敵意」というのは、夏衍が日本人学生の服装をしていたために日本人と思われ、朝鮮人から敵意に満ちた視線を投げかけられたという経験を言っている。抑圧される朝鮮、中国民族の悲惨な現状を目にした夏衍には「工業による救国」の理念はすでに現実感の乏しいものと変わっていた。

この回想を読んで想起されるのは、医学を学ぶために日本に留学しながら医学を捨て文学の道に足を踏み入れた魯迅《ろじん》（一八八一～一九三六）のことである。魯迅は仙台医学専門学校で学んでいる時、スパイ容疑で処刑されようとしている中国人とそれを取り巻いて呆然と見ている同じ中国人の姿を時事スライドで見せられ、それがきっかけで「中国人の体を治すよりも精神を治癒することが先決」と考えるに至る。「藤野先生」や「『吶喊』自序」に書かれて「幻灯事件」として知られる有名なエピソードである。魯迅にしろ夏衍にしろ、没落していたとはいえ地主の家に生まれ育ち、多少の苦労はあったとはいえエリートとして日本留学の機会を得た彼らに、中国の草の根の人々の現実を肌で感じる機会は多くはなかったはずだ。ビジュアルな表象としてそれが彼らの前に提示されたことにより、それまで懐疑心を持ちながらも従ってきた実学による救国という理念は、いよいよ迂遠な手段と感じられたのではないだろうか。

4 国民党駐日総支部での活動

見学旅行を終えてから卒業までの二年余り、夏衍は学業に次第に身が入らなくなる中、一方で革命活動には本格的にのめりこんでいった。当時九大生を中心に活動をしていた「社会科学研究会」という左翼系の読書サークルに加入し、日本の社会主義運動にも接触し始める。一九二四年には船で門司に立ち寄った孫文を、友人の鄭漢先《ていかんせん》、龐大恩《ほうだいおん》とともに訪ねている。意外なことに孫文はこの見知らぬ三人の留学生を船室に招き入れて接見し、雑談の中、夏衍に国民党入党の意思があるのを知ると、その場で入党を許可するのである。これ以来、夏衍は正式な国民党員として活発な活動を行うことになる。

当時、東京には国民党駐日総支部があった。中国では第一次国共合作の時代であり、共産党員が個人の資格で国民党に入党することが許されていたので、駐日総支部のメンバーの中にも共産党員は何人もいた。夏衍は組織部長に推され、華僑や留学生の中に国民党員を拡張するため、神戸、長崎をはじめ日本各地を駆け回った。

一九二六年春、夏衍は明治専門学校を卒業、無試験で入学することができた九州帝国大学工学部に入学する。官費留学生は学籍を残しておかなければ中国からの官費支給が打ち切られるため、夏衍にとって九大入学はむしろ活動費と生活費捻出の一手段であった。入学当初は博多に部屋を借り、何度か講義にも出席したようだが、九月には部屋を引き払って神田のＹＭＣＡにある駐日総支部事務所に居を移している。

しかし中国では、この頃から国民党内部の左右両派の対立が顕在化していく。駐日総支部にも本国の対立が波及し、右派グループが分離して巣鴨に別の「総支部」を作った。神田総支部と巣鴨総支部の争いは時として激烈な闘争に発展したらしい。夏衍は孫文の「連ソ、容共、労農援助」の三大政策を支持する左派グループの中心メンバーとして、こうした右派からの妨害を被りながらも、日本労農党委員長の大山郁夫と接触したり、また武漢政府からの指令を受けて国民党右派の論客戴季陶《たいきとう》（一八九一～一九四九）の来日を監視したりといった重要な活動をこなしていた。

国民党内部の左右対立は、やがて一九二七年の四・一二クーデター（蒋介石による共産党弾圧。上海クーデターともいう）という大事件に結末し、国共分裂を決定的なものとした。東京でも、その五日後に神田総支部事務所は巣鴨グループの襲撃に遭っている。事態は急を要した。神田総支部の組織は事実上壊滅し、夏衍は武漢政府と連絡を取るため帰国することとなった。混乱の中、夏衍は長崎から上海行きの長崎丸に乗船し、上海に帰り着く。彼の六年余りにわたる日本留学は、ここであわただしく終わりを告げることになる。

5　左翼文芸運動へ参加

夏衍の文芸界における活動は、日本からの帰国後にようやく始まったというべきであろう。留学時代の後半はまさに国民党員としての政治運動に明け暮れていた毎日であったから、文芸活動に手をつける余裕もなかっただろう。映画、演劇界での輝かしい活躍の幕が開くのは、帰国以降の上海時代からである。ただ日本時代に全く文芸との接触がなかったわけでもなく、先に述べたように明専の学生であった頃から文学作品はよく読んでいたようだし、演劇に関して言えば、一九二五年頃に菊池寛の『戯曲研究』（文藝春秋刊『文芸講座』の一部）を翻訳し、これは二七年に『戯曲論』の表題で上海の出版社から出版されている。また藤森成吉の戯曲作品『犠牲』の翻訳を一九二九年に出版しているが、これは二六年の春、即ち明専卒業前後に翻訳を終えていたものである。同じく二六年、中国の文芸雑誌『語絲』には「『狂言』及びその他」という短編評論を発表し、能、浄瑠璃、歌舞伎について概括的に論じている。これらのことから見て、文学、とりわけ戯曲への関心は留学時代から高かったものと想像される。

夏衍は帰国後ほどなく共産党に入党し、上海の閘北《ザホク》区第三街道支部に属して労働運動の指揮な

写真9　若き日の夏衍

ど地下工作に従事し始める。この頃には収入のために本間久雄『欧州近代文芸思潮概論』、ゴーリキー『母』、厨川白村『北米印象記』など多数の書物を翻訳している。一九二九年の冬には共産党中央の指示により左翼作家連盟（左連）の結成準備が始まっているが、夏衍はこの時街道支部から離れて文芸工作に従事するよう党から指示を受けている。これが本格的に文芸に転じる直接のきっかけであった。北四川路のコーヒーショップ「公啡《コンフェイ》咖啡館」で開かれた左翼作家連盟の結成準備会のメンバー一二人の中に、夏衍が含まれている。なぜ夏衍が左連への参加を指示されたかについて、その指示を通達した太陽社の銭杏邨《せんきょうそん》（一九〇〇～一九七七）によれば、その時期中国文壇で起こっていた「革命文学論争」に夏衍は参加していなかったからだという。左翼作家連盟の結成が、太陽社や創造社の若手左翼作家と魯迅との間に起こっていた文学論争を中止させ、魯迅を含めた左翼作家の団結を図ろうとする党中央の意図の下にあっただけに、対立のあった両者の間に緩衝材として立つことのできる夏衍のような人物が必要とされたのである。

また左連結成準備と同時期、夏衍は左翼作家のうち演劇に興味を持つ鄭伯奇《ていはくき》（一八九五〜一九七九）、馮乃超《ふうだいちょう》（一九〇一〜一九八三）、陶晶孫《とうしょうそん》（一八九七〜一九五二）らと「上海芸術劇社」を組織している。若手中心の演劇に関しては素人集団ではあったが、翻訳外国劇の上演を中心に、演劇雑誌『芸術』『沙侖《サロン》』を発行するなど一時期は活発な活動を展開し、中国左翼演劇史に大きな足跡を残している。

一九三二年には、鄭伯奇、銭杏邨とともに明星電影公司に制作顧問として参加する。明星は上海の主要な映画会社の一つであったが、旧来の娯楽映画路線が興行的に行き詰まり、愛国映画への方向転換を画策していたところであった。そこで映画界に顔が広く左連にも参加していた戯曲家の洪深《こうしん》（一八九四〜一九五五）が明星の経営陣に知恵をつけ、左翼作家を顧問として招くことになったのである。このこともまた、左翼文芸運動、とりわけ左翼映画史の重要な一ページとして位置づけられており、夏衍自身にとっても映画制作という新たな分野に挑戦していく大きな足がかりをつかんだと言える。

6　夏衍の作品

夏衍の中国における文学活動は右にみたように、共産党の指揮下における左翼文芸運動への参画という実践活動、およびそれと並行する生活のための翻訳から始まったのだが、その後は彼自身の創作も展開される。映画会社の制作顧問であった時代、「狂流」「春蚕」「女児経」などの映画脚本を執筆した。一九三四年頃から話劇（現代劇）脚本の創作を始め、日中戦争期に至るまで「賽金花」「自由魂」（のち「秋瑾伝」と改題）「上海の軒下で」「心防」「ファシスト細菌」「芳草天涯」など多数の作品を世に出している。これらの話劇作品が夏衍の文学成果のうち最も大きな部分を占めているが、そのほかにも「抱え女工」という話題作を含むルポルタージュ（報告文学）と、短編小説、随筆がある。ここでは一般に代表作とされる話劇「上海の軒下で」とルポルタージュ「抱え女工」の内容にそれぞれ触れておきたい。

「上海の軒下で」（原題「上海屋軒下」）は一九三七年に執筆された三幕劇で、作品が描く舞台背景も一九三七年四月の上海である。舞台には上海の弄堂《ロンタン》、つまり長屋の断面がしつらえられ、この長屋に住む五世帯の家族が登場人物である。三七年春という時期は西安事件から盧溝橋事件に至る途中であり、抗日統一戦線の気風はまだ醸成されておらず、人々は暗い時局に鬱々とした日々を送っている。五世帯それぞれが生活に何らかの問題を抱え、将来への希望が持てないでいる。しとしとと降り続く梅雨の雨は住人たちの心情をさらに陰鬱なものにする。

住人たちの日常生活が描かれる中で、主旋律をなすのが林志成《りんしせい》と楊彩玉《ようさいぎょく》の家族の物語である。林志成はもともと楊彩玉の夫である匡復《きょうふく》の親友であったが、匡は十年前に革命活動に参加したことにより逮捕、投獄され、林は身寄りのない彩玉と小さな娘の生活を助けた。匡からは入獄後連絡が途絶え、長い年月が経った。林は匡が獄中死したと思い込み、同情から愛情へと変化していた彩玉と結婚する。しかし匡は生きて出獄することができ、この長屋に住む林と彩玉の前に姿を現した。三人の間の感情は一瞬険悪なものとなるが、やがて林は自らの過ちを悔い、いっぽう匡は林と彩玉の間の現在の恋愛感情を理解しようとする。最後に林は荷物をまとめてこの家を出て行こうとするが、その時には匡はすでに手紙を残して立ち去っていた。その手紙には、《僕が君たちから離れるのは決して消極的な逃避ではない、僕は決して君たちを失望させない。友人よ、勇敢に生きてゆこう》との言葉が残されていた。

長い年月の獄中生活を乗り越えて愛する妻と子、そして友人のもとへ戻れたはずの匡復に待っていた悲劇的な現実。しかし理想的革命家として描かれる匡復は、上海の路地裏に生きる平凡な庶民たちの希望の見えない生活をまのあたりにし、自らの身に起こった悲劇を克服しようと再び出奔する決意をした。主要なプロットにおいて革命文学の基本線を保持しながら、ディテイルにおいては同時に庶民の日常生活と細かな心理の揺れ動きを活写している。

夏衍の初期の話劇作品「賽金花」「自由魂」は、中国近代史の重要な転換点において社会的な役割を演じた娼婦賽金花《さいきんか》や、革命烈士秋瑾《しゅうきん》を主人公にしたいわゆる歴史ものであった。その後夏衍の話劇はリアリズム演劇の方向に舵を切り、「上海の軒下で」に至って作品の水準は一つの完成点に到達したと評価されている。

いっぽう「抱え女工」(原題「包身工」)であるが、これは一九三六年にルポルタージュ、中国語では「報告文学」として発表された。このルポが光を当てる問題は、上海の日本資本紡績工場に働く「包身工」と呼ばれる特殊な雇用形態の女工たち、その悲惨な現実である。

「包身工」たちは一般の通勤労働者とは違って、直接工場から給料をもらっているのではない。給料は女工たちの身分を請け負っている親方(原文「帯工」)に支払われる。親方は、飢饉や洪水などで貧困にあえいでいる農村から女性たちを集め、安い金額で身請け契約をする。いったん身請けの契約をすると、三年の期間が満了するまで女工の身分は親方に属する。女工が働いた分の給料はすべて親方のふところに入る。住まいも食事もすべて親方の管理下にあり、女工たちはいくら辛くても逃げ出すわけにはいかない。このような中国版女工哀史ともいえる非人道的な制度が存在した。

労働時間は長く、過酷で、食事は粗末、豚小屋のような寝床、病気になっても欠勤が許されない、監督者からは「豚」と称されおよそ人間扱いされない抱え女工たちの悲惨きわまる生活を、夏衍の筆は如実に暴いている。夏衍は、一九三二年の上海事変後に日本資本が労働強化に乗り出したため、抱え女工の数は急増したことを指摘し、少なく見積もっても上海には二万四千人以上の抱え女工がいると推測する。

夏衍が抱え女工の問題に注目し始めるのは、一九二七年の帰国後に共産党地下組織に加入し、上海の楊樹浦《ヤンジッポ》の紡績工場労働者と頻繁に連絡を取っていた頃に始まるらしく、この頃に紡績工場労働者の悲惨な現状をつぶさに観察している。さらに一九三〇年頃には元労働者夜間学校教員の馮秀英《ふうしゅうえい》から抱え女工に関する詳細な情報を得ている。これらの情報の蓄積の結果としてルポルタージュ「抱え女工」は生まれた。

中国でこの時期多く書かれた「報告文学」がどのような位置づけになるかという問題について阿部幸夫氏の考察にしたがうと、ソビエト文学の新しいジャンルとして提起された「オーチェルク」が中国左翼文芸運動に受容された結果としての左翼作家連盟の「工農通信員」運動にその源流があった。この運動が提起されたのは一九三〇年のことである。その流れを受けて三六年頃に報告文学＝ルポルタージュの全盛期を迎えるのである。「抱え女工」はこの頃数多く生み出されたルポルタージュ作品の中でも傑作とされているが、阿部氏は《奴隷、という人間地獄をつくり出した外国からの強圧と侵略（ここではイギリスと日本に代表されている）、それと有無相通じるように結託することで勢力の温存ないしは拡大をはかる上海のシミ・黒斑ともいえるどう救いようもない後進性、そうした権力——虎の威にあやかってうごめく人間どもをふくめて、人間を描ききったところに、成功作とされる所以がある》(「『抱え女工』評釈」『丁玲と夏衍』)と評価している。夏衍のこういった人間観察の視線、そしてそれを文学的形象として練磨していく技能は、おそらくは映画という表現形式との蜜月時代がなければ生まれ得ないものであっただろう。もちろんそれが、「上海の軒下で」をはじめとする話劇脚本の成功に可視的にも不可視的にも繫がっていることは言うまでもない。

おわりに

およそすべての人の人生を決定づけるのは偶然だけでもないし、自らの意志だけでもない。時に偶然によって人生が左右されることもあり、また時には自らが歩む道を選択しなければならない場合もある。

夏衍の人生をこうしてたどってみた時にも、節目節目に偶然の出会いや止むに止まれぬ事情がある一方、彼自身の重要な選択がその後の方向を決定づけた場合もある。甲種工業学校の校長が日本留学を世話してくれなければ日本へ来ることはなかっただろうし、戸畑の明治専門学校に入学するのも彼の意志によることではない。明専の創始者安川敬一郎が中国の革命家たちと強いつながりを保っていたことも、たまたまではあったがそれが夏衍と孫文との運命的な出会いを後押しし、夏衍が革命活動に参入するきっかけを作ったと言うこともできる。しかし夏衍は学んだ専門知識を祖国の発展に直接役立てることはなかった。それは夏衍の大きな選択である。

夏衍、あるいは魯迅、郭沫若のような日本留学生の多くが、日本で学んだ専門知識を十分には生かさず、逆に日本帝国主義に抵抗する勢力となったことは、この時代の特徴的な傾向であった。だからといって我々はなんら卑屈になる必要もない。「技術に堪能なる士君子」の理念を掲げて学生の訓育にあたった明治専門学校の教育成果は、夏衍においてもある意味で達成されたといえるからである。

第二次大戦と内戦を乗り越え、文化大革命の嵐を過ごした夏衍は、一九八四年、開学七十五周年を迎えた九州工業大学、即ちもとの明治専門学校を五十九年ぶりに再訪する。夏衍はこの時のスピーチで、自分はこの学校で五年間勉強したが《技術にも堪能できず士君子にもなれなかった》、だからこの祝賀行事に呼ばれた時はずいぶん躊躇した、と述べている。しかしこの言葉は決して謙虚なお世辞ではなく、自分が明専の教育者の情熱に報いることができなかったという、真摯な恥じらいがあったように思われる。九工大から呼ばれて躊躇し、そして再訪を決意したその過程で、夏衍は何を考えたのだろうか。あるいはそこに、彼の人生が集約されていたのではなかったろうか。

（新谷秀明）

主要参考図書

野上暁一『明治専門学校四〇年の軌跡』（一九九四年、明専史刊行会）
安川敬一郎『撫松余韻』（一九三五年、松本健次郎発行）
夏衍『懶尋旧夢録』（一九八五年、生活・読書・新知三聯書店）
〈翻訳　阿部幸夫訳『日本回憶——夏衍自伝』一九八七年、同『上海に燃ゆ——夏衍自伝』一九八九年、同『ペンと戦争——夏衍自伝』一九八八年、すべて東方書店〉
阿部幸夫「『抱え女工』評釈」（『丁玲と夏衍』一九八二年、辺鼓社）
『夏衍選集』（一九八〇年、人民文学出版社）
会林・紹武『夏衍伝』（一九八五年、中国戯劇出版社）
許道明・沙似鵬『中国電影簡史』（一九九〇年、中国青年出版社）

夏衍《かえん》（シア・イェン、一九〇〇〜一九九五）

一九〇〇年、浙江省杭州慶春門外厳家衖に生まれる。本名沈乃熙《しんだいき》、字は端軒《ずいけん》、のち端先《ずいせん》と改める。杭州甲種工業学校に学び、五四運動の時期に雑誌『双十』『浙江新潮』の編集にたずさわる。一九二〇年、日本に留学、明治専門学校電機科に入学。卒業後は九州大学工学部に在籍しながら国民党駐日支部で活動、二七年に帰国する。帰国後は上海で左翼作家連盟に参加、映画、演劇界で重要な役割を担う。映画脚本「狂流」「春蚕」など、演劇脚本「賽金花」「上海の軒下で」など、ルポルタージュ「抱え女工」、および多数の翻訳、随筆、小説がある。新中国建国後は文化部副部長、中日友好協会会長などの要職に就く。一九九五年没。

第五章　上海を見ていた墓——魯迅と鎌田誠一——

福岡県糸島郡小富士村御床《みどこ》（現志摩町御床）に一つの墓が上海に向いて建っていた。鎌田誠一の墓である。墓石は表に「鎌田誠一墓」、裏に碑文、右側面に「昭和九年五月十七日死亡、上海内山書店建之」と刻んであった。魯迅の撰文である。

1　鎌田誠一墓記

一九三四年四月、誠一は吉日を選んで遺書をしたため、その一行に《死後墓は、二ヶ年内位に、小さな奴でけっこうですから、上海の方を向けて建てて下さい》と書き遺した。上海には内山書店があり、魯迅がおり、彼の青春のすべてがあった。もう一度上海にもどって《人間らしい仕事》をするのだと望んだのだが、それが果たせないと知ったとき、誠一は墓を《上海に向けける》よう願ったのだった。

写真 10　鎌田誠一 27 歳
1933 年 7 月，上海を離れるに当り撮影

五月十七日、出張中の次兄寿に見守られて誠一は郷里の御床で永眠した。享年二十八歳。若く短い命だった。訃報は電報で上海の内山書店に知らされ、その日のうちに魯迅の知るところとなる。『魯迅日記』には感情を抑えきれず次のように記してある。

五月十七日雨、午後鎌田誠一君昨日病故せしを聞き、一昨年の相助の友誼を思い、之が為に黯然たり（「昨日」としたのは魯迅の思い違い―筆者）。

それから一年が過ぎ、一周忌を間近にひかえた三五年四月のこと、長兄五郎が墓碑建立を思いたち、寿にその文字の揮毫を上海在住の書道塾主小島に依頼するよう言ってきた。そこで内山完造に相談すると、《誠一君は書店のために死んだようなものだから、墓碑は内山書店で建てよう》

（鎌田寿「魯迅さんと私」魯迅友の会、一九七二年十二月）と話し、執筆を魯迅に依頼したのだった。寿は内山の指示に従い紙を用意して魯迅を訪ねた。

四月十一日曇。…午後晴。午後鎌田君来る。誠一の為に墓石を書くことを托さる。
四月二二日曇。午後鎌田誠一君の為に墓碑を書き、併せて碑銘を作る。（『魯迅日記』）

先に内山の口添えがあったのだろう。魯迅は墓碑を一度書いたことはあるが、日本人のために書くのは初めてだと話し、快く執筆を引き受けてくれた。その日、寿は誠一の遺書にふれ、魯迅に初めて実弟の最後の望みを伝えた。

一〇日後、魯迅は墓碑を書き上げ、わざわざ内山書店に届けてくれた。書は三幅あり、墓碑の他に碑文が書かれていた。しかも寿が持参した紙ではなく、上質な紙に書かれていた。寿には予期せぬことで、誠一と魯迅の絆の深さを改めて感じたという。魯迅はさっそく読み下し意味を説明しながら、寿に記録させた。寿は一晩かけ整理し「説明文」を作成する。

碑文にはこう書いてあった。以下は「説明文」に記録された魯迅の読み下しである。送りがな、句読点は原文のまま記載する。

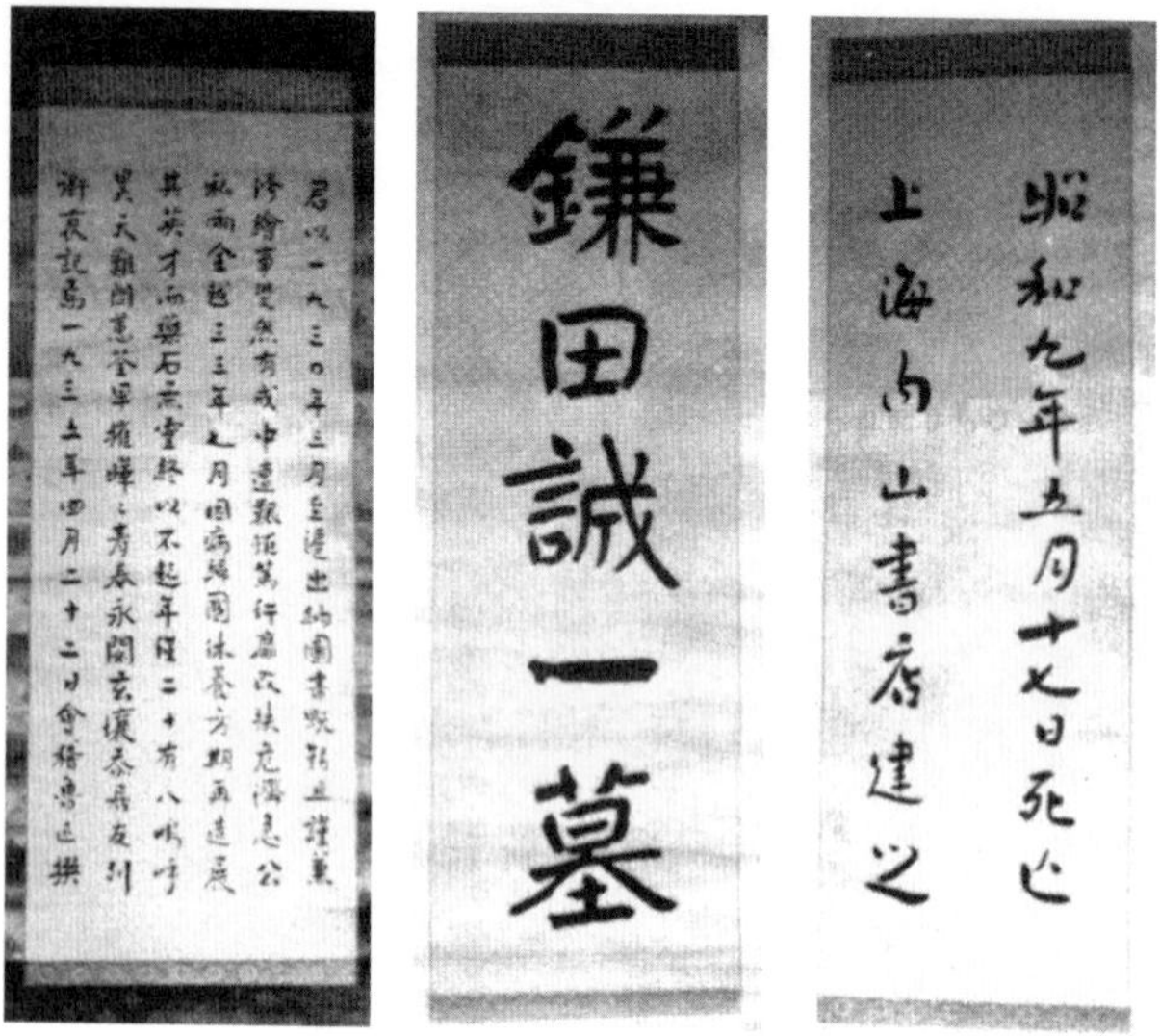

写真11　墓碑銘三幅

君ハ一九三〇年ヲ以テ滬ニ至リ図書ヲ出納シテ既ニ勤且ッ謹ナリ兼ネテ絵事ヲ修メ斐然トシテ成スアリ。中難鉅ニ遭フモ篤行改メズ危キヲ扶ヒ急ヲ済ケテ公私両ナガラ全シ。越テ三三年病ニ因リテ帰国ス。休養シテ方ニ其英才ヲ再ビ造展センコトヲ期ス而レドモ薬石霊無ク終ニ起タズ年僅ニ二十有八ナリ嗚呼昊天問ヒ難シ蕙荃早々摧ケテ曄々ノ青春永ニ玄壌ニ閟ル。忝ナク友ノ列ニ居リ哀ヲ銜ミテ記ス。一九三五年四月二十二日会稽、魯迅撰ス。

寿は書三幅に「説明文」と内山が用意した建設費八十円程を添えて五郎に急ぎ送った。寿によれば、建設費の一部に魯迅の志が含まれていたそうである。

一周忌の晩、寿は魯迅を訪ねた。墓碑のお礼だったのだろう。《五月十七日小雨。午後鎌田寿君来るも遇えず。……晩鎌田君来る。油画静物一幀、誠一遺作を贈られる。又海嬰《かいえい》にレコード二枚贈ってくれる》（『魯迅日記』、海嬰は魯迅の一人息子）。遺作は菊の花を描いた油画である。魯迅は「菊の花」の前に誠一が贈ってくれた博多人形「藤娘」を供え、一階の客間に飾った。

明けて十九日、日曜日。友人縁者たちは誠一の郷里に集い建碑式を挙行した。墓は誠一の望み通り上海に向けて建てられた。これ以降、誠一は日中関係がさらに悪化してゆくなか上海を無言で見守り、魯迅は遺作を眺めては、両国人民の「相助の友誼」を訴え続けた。

2　建碑式のあと

新聞各紙は建碑式を広く報道した。ニュース源は一つらしく、内容に大差はない。『大阪朝日新聞』（一九三五年五月十三日）《魯迅氏から恩人の死に碑文／〞上海事変と文豪〞を主題に日支親善の国際美談》がそれを代表している。《魯迅は上海全市が混乱の渦中にまきこまれてゐる際、しかも親日家として便衣隊からつけ狙はれてゐるとき誠一君からうけた恩誼を忘れず内山氏の請ひを快諾して、墓碑の碑文を書いて送って来た》。新聞各紙は上海事変当時の論調をむし返し、魯迅を再び「親日家」に仕立てることで「墓記」の意味を「国際美談」として謳い上げた。こうして、誠一を死に追いやった真実は、誠一とともに埋葬されてしまった。

寿によれば、村松梢風の従軍記が事変の最中に『大阪朝日新聞』に連載され、後に上海の邦字新聞にも転載された。そこに「戦争と文豪」と題する一項があり、魯迅と誠一にふれた記事があったそうである。筆者は未だに確認できていない。他紙かもしれない。村松には『上海事変を語る』と題する一書があるが、これには該当する記載はない。しかし「従軍記」は確かに掲載されたらしく、誠一の苦悩もここから始まったという。寿夫人愛子は、事変後のある日、誠一と魯迅が「従軍記」を手に憤慨しているのを目撃している。その内容は魯迅にとっても、誠一にとっても承服しがたいものであったらしく、《あんなうそつきは二度と世話はせん》と誠一は怒りをあらわにしたという。村松は事変の二月八日から二十五日まで上海に滞在し、砲火のなか書店を訪ねている。

村松の報道は誠一の心に大きな傷跡を残したようである。事変中、日本に避難帰国していた内山と寿が上海にもどり、七月に休暇のため帰国が許された。友人たちは彼を「凱旋将軍」として郷里に迎え、武勇談を求めて参集した。同窓会の席上、《ただ死線を越えた》だけと言うだけで、戦争のことも、魯迅のことも、誠一は話したがらなかった。友人たちは奇異に感じながらも、却って謙虚だといって誉めた。彼らはみな村松の従軍記を読んでおり、誠一に武勇談を求めたのである。日本人の死と中国人の死を多数見てきた誠一には戦場はるか遠い故郷にいる友人の方がはるかに残虐にみえた。苦悩は故郷で癒されるどころか増すばかりであった。九月になり、彼は逃げるように故郷を後にし上海にもどった。博多人形「藤娘」はその折の土産である。

誠一の事変前後の心境を物語る二通の書簡が遺されている。一通は事変前の一九三一年秋、もう一通は事変後の三二年春に書かれた。

秋風がさらさらと江南の木の葉をならす。時局は危機を孕んで、肌につめたくつれないのは朝夕の風のみではない。

商売も半分位。今上海は騒然として排日の嵐だ。俺はその街を打倒日本、打倒日本人、抗日救国とべたべたはられた伝単を見ながら自転車で走る。

そして事変後の第二信。

江南の天地は今はのどかな春景色だ。ああかくして大地は無言の裡にすべてを過去へ過去へと運んで止まない。俺も幸か不幸か傷一つせず生きて居る。死線を越えたと云うが、あまり偉くもならない様だ。戦争のことは、既に夢又夢ただつかれたる心身がさびしくなげいて居るばかり。

一九三三年梅雨に入り、誠一は結核を再発させてしまった。七月には寿の勧めで帰国療養することにする。帰国の前日、誠一は魯迅を訪ねた。これが最後の別れとなった。《七月十三日晴。鎌田誠一君明日帰国、午後別れに来る》(『魯迅日記』)。

帰国してからの一年、半年は今津結核療養所で、あとの半年は御床で過ごした。五郎は自宅の裏山に茅葺きの庵を築き、そこで誠一を療養させた。庵は高台にあり、直ぐ下に蜜柑園を配した樫の林があった。そこから加布里湾が望め、その先が上海である。誠一は庵の縁側に坐り、遠く上海を望み、過ぐる日々を考えて過ごした。死後発見された日記には《読んで呉れるなと云う意味の故人の筆跡》があり、《其日記を手に取った時、私は苦痛へ悲惨への人間の悲劇をまざまざ見せつけられて身震いした》(柴田嘉門「誠一さんは生きている」『伊覩』第九号鎌田誠一追悼号、一九三六年三月)。しかしその一方で見舞いに訪れる友人たちには《是が非でも今一度上海に行って存分に働きたい》(進藤潤一「亡き面影をしのびて」同上)と話すのが常だった。それは《苦痛へ悲惨への人間の悲劇》のなかから発せられた再生の願であった。

若い友人たちは上海を見ている墓に報道とは別の意味を読み取っていたのだろう。後に、糸島中学校同窓会誌『伊覩』第九号を編纂し、寿を通して魯迅に贈った。彼の手元には一九三六年三月十八日に届いた。その日、魯迅は誠一にとっての上海を改めて問うたにちがいない。

3　もう一つの墓標

上海事変は魯迅の眼前で展開した《ほんものの戦争》（エドガー・スノー『極東戦線』）であった。事変の一九三二年から建碑式の三五年は満洲事変から盧溝橋事件の真っ直中に位置し、《面白半分》の報道から魯迅は《「親日」という更に新鮮な罪状をかぶせられた》。中国政府の言論弾圧は激しく、日本政府の干渉がこれに加わった。こう処置した一方で日本政府は「日華親善」を提唱し、中国政府は「敦睦邦交」を唱え、これに応えた。この弾圧下で発表できたものは《枷と鎖をつけたダンスであって、当然噴飯ものでしかなかった》（魯迅「且介亭雑文二集　後記」）が、魯迅は敢然と日本語で文章を表し、直接日本読者に語りかけた。『准風月談』（一九三四年十二月刊）で《中国、日本、満洲を当てこすった》のを皮切りに、終には「私は人をだましたい」を『改造』（三六年四月）に発表し、《遠からず支那では排日即ち国賊、と云うのは共産党が排日のスロガンを利用して支那を滅亡させるのだと云って、あらゆる処の断頭台上に日の丸を𠆢してみせる程の親善になるだろうが、併しかうなってもまだ本当の心の見えるときではない》と《血で個人の予感を書き添えた》。

一九三五年の年末に魯迅は『且介亭雑文二集』を編集、日本語で書いた文章四篇も自ら訳出し収録した。「『生ける支那の姿』序」では《自分の考えでは日本と支那との人々の間はきっと相互にはっきりと瞭解する日が来ると思う。昨今新聞には又盛んに「親善」とか「提携」とか書き立てゝ居るが、来年になったら又どんな文字をならべるかしらんけれども、兎に角今は其時でないのである》と指摘し、「墓記」を書いた一週間後、四月二十九日の天長節に執筆した「現代支那に於ける孔子様」では日本が中国侵略に儒教を利用するのを皮肉り、「ドストエーフスキイのこと」では《被圧迫者は圧迫者に対して奴隷ではなくて敵である。決して友人とはなりえない、だから相互の道徳は決して同じではないことを説いた》。また東北作家の田軍、蕭紅の小説に序を附し《中国民族の心》は《征服》されず、自分たちは《決して奴才ではない》と宣言した。

これら友人に向けた言葉と敵に対する抗議の言葉に続けて「鎌田誠一墓記」を魯迅は収録した。彼はここにもう一つの墓標を建てたのである。こうすることで「墓記」が誠一ひとりのためのものでなく、広く日本人全体に向けたものであることを示した。そして《十二月三一日夜半から一月一日の朝にかけて》「後記」を書き墓標に花をたむけた。

最後に私はなお鎌田誠一を記念したい。彼は内山書店の店員で、非常に絵画が好きだった。私が三回開いたドイツ・ロシア木刻展覧会は、みな彼が一人で飾りつけてくれたものである。

一二八（上海事変のこと―筆者）の時、彼は私と私の家族、および別の一団の婦人子供を案内してイギリス租界に逃げこんだ。三三年七月、病気になり郷里で逝去、彼の墓の前に建てられたのが私の手書きした碑銘である。今でも、当時ただ面白半分に私が殴打され殺されたという記事を載せた新聞と、それから八〇円のために、私に数回往復させて、とうとうくれなかった書店を思い出すと、私は彼に対して心から慚愧の念に打たれる（「三三年七月」は帰国療養した年であり、逝去したのは三五年五月十七日である―筆者）。

誠一が上海に到着したのは一九三〇年三月、二十四歳の春であった。翌日、寿の家で旅装を解き、さっそく内山書店に出向いた。そこで初めて魯迅に紹介された。この日から帰国療養するまでの三年半、二人はほとんど顔を会わさぬ日はなかった。二月、自由大同盟成立、三月、左翼作家連盟成立。魯迅はいずれも発起人の一人であり、半ば地下生活を強いられていた。四月になるとにわかに身辺は緊張し、六日には内山の家に避難、十九日になってようやく帰宅している。内山は緊迫した空気のなかで誠一に魯迅の世話をさせた。それ以降、魯迅の日々の出来事を寿にすら洩らすことはなかった。内山は魯迅の住所すら《限られた店員にしか》（許広平『魯迅回想録』）教えず、書店を魯迅の連絡場とさせた。連絡は魯迅が現れぬ日は許広平《きょこうへい》（魯迅夫人）が来るか、誠一に届けさせた。

北四川路底ラマスアパートへの引越しが彼の初の大仕事であった。事変後のラマスアパートから大陸新村への引越しも彼が手伝った。魯迅は同時期にデキスウェル路七七六号に書庫を設け、書籍をそこに移した。その引越しも誠一が一人で細心の注意を払って進めた。彼はリヤカーを引き書籍を二、三日かけ運び、それから二日かけて魯迅と二人で部屋を整理した。本箱はすべて木箱で作り、いざという時には蓋をしていつでも運び出せるようにした。壁面に上から下まで本箱を並べ、床の上にも書籍を重ねた。そして瞿秋白《くしゅうはく》（文芸評論家、元中国共産党総書記）、柔石《じゅうせき》（左翼作家連盟の作家。三一年再逮捕され殺害された）の原稿はじめ重要な資料を収納し、最後に「鎌田誠一」の表札を作り、入り口に掛けた。国民党の藍衣社や領警の目をごまかすためである。

上海在住中、誠一は絵筆を放さなかった。東京美術学校の筆記試験では数百人中二五名のなかに残ったが、デッサンの練習不足で不合格となった経歴がある。やがて油絵を趣味としていることが、魯迅の知るところとなり、自然と話題は絵のことに集中した。定かではないが、《魯迅の小説集の装幀をした》ことがあると誠一は友人に語っている。出版関係の仕事を少し手伝ったのかも知れない。そんなある日、魯迅は誠一に格好の仕事をもってきた。魯迅所蔵の木刻画作品の展覧会である。出品作品の選定を終えると、魯迅は額縁を作ろうと言い、内山の家に大工を呼んだ。それから誠一といっしょに表装し額に納めると、魯迅が番号をつけ国名、作者名を原語と中国語で記入した。飾りつけには特に苦心した。魯迅は誠一と相談しながら、配列し、飾りつけた。誠一の最も愉しい一時だったにちがいない。第一回版画展覧会は一九三〇年十月、第二回展は三一年四月、ドイツ版画展覧会は同年六月の開催。その年の八月には内山嘉吉による版画講習会が開かれた。この時も誠一は受付など裏方を務めている。

以上に見られるように、二人の交友は日常的なものである。しかし『魯迅日記』には折にふれ誠一の名が登場する。初めは「鎌田政一君」、上海事変を過ぎると「政一君」、「誠一」と記し、その変化に急激に親しさが深まっていったことが読み取れる。

4　上海事変のなか

事変は一九三二年一月二十八日深夜に始まり、三月六日、十九路軍の停戦受け入れまで、一ヵ月余の戦いが続いた。この間、魯迅は戦火を避け転々とした。開戦の二十八日から三十日は自宅で過ごし、三十日から二月六日の一週間は内山書店に避難、それから三月十九日まで一月余、イギリス租界に避難している。

共同租界から北に延びる北四川路周辺は「日本租界」と呼ばれ、上海在留日本人二五、六五〇人中、四分の一に当たる六、八五四人が居住、その北四川路のつき当たりが北四川路底である。そこを左に折れると、魯迅の住むラマスアパートがある。彼の住む三階からは道をはさんで、右に内山書店、左に日本海軍陸戦隊本部が見えた。ここは租界外であるが、越界道路と外国人住居は租界警察の管轄、それ以外は上海政府の管轄になっていた。魯迅のいう「且介（半租界の意―筆者）」である。彼は越界道路に面したラマスアパートを内山の名義で借り、中国官憲の手が及ぶのを防いだ。住人は魯迅一家以外すべて外国人である。

一月二十八日夜半、陸戦隊は警備を理由に十九路軍が警備に当たっていた問題の北四川路と淞滬鉄道間に侵入、バリケードを築き臨戦体制で警戒に当たっていた十九路軍との間に戦火を交えた。戦火は瞬く間に北四川路と鉄道にはさまれた帯状の一帯から広がった。魯迅の住む北四川路底は中国軍が陸戦隊本部に向けて発砲する弾丸の集中する所となった。

深夜、魯迅は執筆中だった。突然電灯が消えた。やがてトラック部隊が慌ただしく陸戦隊本部を出て南にむかうのが見えた。ほどなく遠くに銃声が聞こえ、それが次第に密になった。魯迅が物干場に駆け上がってみると、赤い火線がヒューと頭をかすめた。階下に急いで退くと、書卓の横に一発の弾丸が突き抜けた穴ができた（許広平『魯迅回想録』）。

二十九日、戦いは一日中続いた。中国軍はせまい中国人街に千名を超すといわれた便衣隊を配置しゲリラ戦を展開、陸戦隊の前進を阻んだ。彼らは民家の屋根や窓から手榴弾、機関銃をあびせ、日本人居留民、陸戦隊を恐怖のどん底に陥れた。開戦一日で日本軍は百名を超す戦傷者を出した。これに対して日本軍は検問を強化し自警団を組織した。塩沢司令官は三十日に《便衣隊は射殺する。便衣隊の行動を幇助したるものは便衣隊と同罪なのは勿論、その家屋の一部又は全部を破壊する》と布告を出した。陸戦隊と自警団は各家屋の捜査、検問を実施し、多くの中国人が続々と租界に逃れた。

陸戦隊は十九路軍三万余に対し、僅か一、八〇〇名にすぎず、その手薄さを補うために在郷軍人会や青年同志会を組織し、自警団を結成して後方の守りを固めた。彼らは日本刀、棍棒などで武装し、便衣隊の嫌疑をかけ片っ端から中国人を逮捕、監禁、処刑した。その数は五百とも千人ともいわれた。二十九日だけでも《便衣隊三百人処刑》(『福岡日日新聞号外』一九三二年一月三十一日)とある。居留民の一部は軍の手薄と便衣隊の恐怖に、常軌を逸する行為をくりかえした。

三十日の明け方、魯迅のアパートが日本軍の捜査を受けた。朝になり、誠一が内山の意向を伝えにやって来て、しばらく書店に移るよう勧めた。午後、魯迅は内山書店に避難する。一両日後、周建人一家も合流、二月六日までの一週間を書店の二階で過ごした。

この一週間、書店付近は決して安全ではなかった。日本軍警備区域内では、三十日、三十一日と「便衣隊狩り」が吹き荒れた。海軍は陸戦隊を増強、長江一帯に四八隻の軍艦が集結、三日にはさらに陸戦隊一個大隊を上陸させて総攻撃を行った。その結果、宝山路と淞滬鉄道間一帯は廃墟と化した。十九路軍の抵抗は堅く、三日、四日、五日と一進一退の攻防が続いた。日本軍死者二九名、負傷者七七名。戦線は虹口、閘北一帯をつつみ、特に虹口、北四川路は死と恐怖の街と化した。魯迅一家は爆弾と「便衣隊狩り」の吹き荒れる街でじっと暗い部屋のなかに閉じこもり、狼狽し常軌を逸した行動をくりかえす侵略者を侵略国の国民に守られて、ひっそりと息を殺して見つめていたのである。

六日、陸軍到着のニュースが伝わる。戦いは拡大、長期化の様相を呈した。内山は魯迅と周建人（魯迅の弟）一家をイギリス租界の支店に移すことを決め、誠一を同行させた。日本軍戒厳区域外へは許可なく往来することは許されず、特に中国人は検問をくぐらねばならなかった。内山は事前に各方面の諒解を取り付けたようである。誠一は内山の指示に従い無事三馬路内山書店へ案内した。支店は洋館の五階建で、三階の一室を仮の住まいとした。そこは《難民は道にあふれていたが、居住者はのんびりしたものだった。閘北を離れること四～五里であろうに、こんなにもちがう世界》（魯迅「蕭紅作『生死場』序」）だった。

それから三月十三日までの一ヵ月余、一家は衣服と夜具数枚のみの生活で、その暮らしぶりは《誠に気の毒な》（鎌田寿「魯迅さんと私」）ものであった。その上、手元不如意のため、たびたび印税の請求に出版社回りをせねばならず、その度に誠一を煩わせたようだ。

内山は二月十日すぎに帰国、約半年間はもどらなかった。寿は開戦と同時に帰国、三月十日にもどった。中国人店員は内山が安全な所に避難させ、結局、誠一ひとりが残された。彼はラマスアパートに住み込み、何度も租界支店とアパートを往復して魯迅一家の世話をした。魯迅も内山に代わって中国人店員の給与を払うなど、一人になった誠一を助けた。《この時魯迅さん一家をどんなにお手伝いしたか弟は詳しく語らず》(鎌田寿「魯迅さんと私」)、今となっては、これ以上を知る術はない。

5　民衆と兵士の死

陸戦隊に向けて飛来する砲弾の下、誠一は魯迅の家に踏み止まり、家と貴重な書籍、資料、原稿などを守っていた。二月十六、十七日になると砲撃は激しくなり、一日一五〇発を数えた。二十一、二十二日は更に激しくなり、北四川路、スコット路、デキスウェル路はほとんど跡形もなく焼失した。誠一はそれでも魯迅の家を離れなかった。遺書のつもりで書いたのであろう、寿に寄せた二十三日付け書簡に《三十秒位毎につづけざま落下炸裂する敵弾の遠近に心身を傾け尽くして居ました。今か今度かと将に命を刻む思いです》と記し、続けて《私も店の事は天にまかせて皆と行動を一にする考えです》と自警団に組み入れられたことを報告している。

国民皆兵の時代、彼は予備役として在郷軍人会に属していた。病弱な彼は兵隊検査で乙種ないしは丙種であり、兵役を果たしていない。海軍が指揮権を握っているうちは、その任に当たる必要はなかったが、陸軍が参戦してから、彼も日本軍の指揮下に入った。十八旅団が北四川路付近海軍陸戦隊担当区域に進出、陸戦隊に代わって警備についた。陸軍は総攻撃に備え、後方警備の統一機関を設け、在郷軍人会及び居留民自警団を再編し、その司令部を日本人クラブに置いたのである。誠一は十九日に自警団に組み入れられ、二十三日後方警備の任務に就いた。二十日から三月三日の停戦までの一三日間、三回に分け日本軍は総攻撃をかけた。最後の決戦である。戦闘は主に江湾鎮、廟行鎮方面で行われた。

軍はこの時も後方警備の名目で自警団及び日本からつれてきた石炭仲仕を動員している。中国人民の抗日は徹底しており、商人は店を閉め、銀行は取引を停止、紙幣は不通となり、米も欠乏。荷役人夫、運転手も一切日本軍への協力を拒否した。そこで日本軍は石炭仲仕を国内から呼び寄せねばならず、戦闘が激しくなると、彼らさえも後方にかり出し遺体処理に当たらせた。そのなかに火野葦平がいた。誠一もこのような後方の手伝いをさせられたのだろう。

それはほとんど深夜で、否応なくトラックに乗せられ、憲兵の指揮のもとに、どこかわからぬ江岸へつれて行かれる。一隻の駆逐艦が横づけになっており、明かりはほとんど消されている。その暗黒のなかで、人間の屍体を駆逐艦の舷門から積みこました。屍体は幾十あるかわからない。百以上あったかも知れない。敵の兵隊ではなく土民らしかった。憲兵隊は便衣隊というけれども、軍人らしい者は少なく農民か土民のように見うけられた（火野葦平『魔の河』光文社、一九五七年十月)。

記録によれば、中国側の被害は家屋破壊一六万戸、負傷・行方不明合計二一、二三五名、難民五〇万から六〇万人、戦後の失業者四十数万人、中国軍の戦死・戦傷者一四、三二六名。日本軍側は戦死七五六名、戦傷者二、四一九名である。兵士の被害より民衆の被害が多いのが目立つ。市民をまきこんだ市街戦、無差別爆撃、無差別砲撃がいかに凄まじいものだったかを物語っている。魯迅も後に書いている。《五年前の新聞をみて小供の××の数の多いこと、××の交換のないことに就いて、今でも思い出すと非常に悲痛するのである》(魯迅「私は人をだましたい」、原文のママ、××は中国語訳では「死屍(屍体)」、次は「俘虜」の二字が当てられている―筆者)。魯迅が見、誠一が見、火野が見たものは兵士の死より、民衆の死であった。火野は続けて軍と国家の隠蔽工作を暴いている。《一人や二人なら黄浦江に投げこんでもわからないが、十数百という屍体は問題になる。黄浦江上には、日本を監視している各国の艦船がいる。夜間、駆逐艦に積んで、揚子江の本流に運んで流せば秘密裡に処理できる》。そして民衆の死は《鳴り物入りの戦争がおこなわれ、華やかな歴史が書かれているとき、常に闇から闇に葬られて》しまうのだと。

火野をモデルにした辻昌介は《地獄の作業》に嘔吐を覚え、矛盾の壁に突き当たってしまう。麻袋に詰められたのは屍体とは限らなかった。時には声を発し、手足を動かす者もある。仰天した仲仕に憲兵は生きているわけがない、といって軍刀で数回突き刺し、早く運べと命令する。仲仕たちは小声で《こんなことをするつもりできたんじゃなかったのにな》と洩らす。誠一もこの闇のなかに身を置き、矛盾の淵に突き落とされたのだろう。

兵士の死について、魯迅は多くを語っていない。しかし『北斗』や『文学月報』(いずれも一九三二年七月刊)は犠牲になった日本兵の手が《俺たちと同じように鍬や斧を握っていた》と指摘し、『慰労画報』(三二年二月二十四日)は神戸港で日本兵士が反戦を訴え処刑され、上海陸戦隊の一部兵士が中国民衆の屠殺に反対し本国に送還されたと報道する。また中国側の報道には反戦ビラをまく日本軍兵士や飛行機、中国軍に参戦した日本人が登場する。日本側はこれをことごとくデマだと斥けた。ここで深く立ち入る余裕はないが、これらの資料を魯迅は熱心に収集していたことに加え、十九路軍のなかに同様な議論があり、俘虜の取り扱いに軍と人民を分ける思想が芽生えていたことを指摘しておかねばならない。

魯迅の指摘するとおり、戦闘中に俘虜交換があった記録はない。停戦後の三月十六日に初めて実施された。ところが多くの日本軍兵士が自決し中国の人々を驚かせた。とりわけ帰還直後に大隊全滅の戦場を墓参し、その場で自決した陸軍歩兵少佐空閑昇のことである。上海派遣軍司令部は《其の死は国軍の為将亦国民精神作興の為寄与すること大なるものあり、武士道未だ滅びずと謂うべし》と公表し、鳴り物入りで美談に仕立てあげた。新聞は連日彼の自決を頌え、映画各社は争って映画を製作し、一月も経たぬうちに封切った。世論は自決せぬことこそ不名誉と、俘虜たちに死を迫ったのである。

6　元寇の報復

「日本ファシズムは消滅したか」（『周報』第十二期、一九四六年）と「魯迅に関する断片的な回憶」（『略講関於魯迅的事情』人民出版社、一九五三年）で、誠一の事変中の行動は元寇の《報復》だと周建人は説明した。事変後かなり経ってから、魯迅が詳しく話してくれたと断り書きを添えて、誠一は《在郷軍人であるから適当に手伝いに行かざるを得ない》と、顔見知りの中国人に出会うと《ごまかす》一方、《彼の祖先の一人が元兵の先鋒隊に殺されたとのいい伝えがあり、「一・二八」事変に便乗し、江湾あたりの農民を数人惨殺し報復した》と記した。

問題を整理しておきたい。第一に日本軍の制度と軍規に照らしてみても、誠一が《農民を惨殺》したとは考え難い。彼は自警団として後方警備の任務に就いたのであり、それも陸軍到着後のことであり、それ以前の「便衣隊狩り」に彼は加わっていない。彼は兵役についたことはなく、「退役軍人」ではなく、「在郷軍人」にすぎない。戦時であっても、軍属でないものは武器携帯も前線に行くことも許されない。第二に周建人の文章は「墓記」に言及していない。第三に、これに関連するが、魯迅から話を聞いたのは「墓記」執筆以前なのか、後なのか。第四に魯迅の本意は《日本の軍閥主義が外へ向けて侵略せんがために、人々に異民族に対する恨みを覚えさせようとした》ことを指摘することにあり、その一例に誠一を取りあげたことは肯ける。しかし誠一に関する限り、周建人は個々の事実を疎かにし、魯迅の話を正確に伝えていない。執筆は誠一逝去から十年以上たった戦後のことであり、記憶が曖昧になったのは致し方ないことかも知れない。しかし、そのために「墓記」の内容と矛盾が生じ、結果として《わが国人民を殺害した》ことを《魯迅先生は生前まったく知らなかった》（孫席珍「魯迅の日本人に贈った詩」『新文学史料』一九七二年二月）という誤解を生じさせている。

矛盾を解く鍵はその周建人の文章のなかにある。

内山書店には鎌田姓の者が二人おり、年の若い方を小鎌田と呼んだ。もと退役軍人で、人に対しても別段変わったところはなく、むしろ礼儀正しかった。「一・二八」上海事変が勃発した時に、彼は軍隊の手伝いに参加したことがあり、後に病気のため日本に帰った。一時期が過ぎ亡くなった。後に分かったことだが、病が重くなってからのこと、歴史を学んだ日本人がずっと以前に中国も元の軍隊に侵略されたことがあると話したのを聞いて、急に溜息をついて「神様、助けてください。上海にもどって改めて人間らしくやりなおさねばならない」といった。（中略）その歴史を研究している人の話を聞くに及んで、はじめて上海人と元軍との関係は、彼が以前に信じていたようなものでないことを知った（「魯迅に関する断片的な回憶」）。

事変後、誠一は二度帰国しているのだが、彼が《歴史を学んだ日本人》の話を聞いたのは第二の帰国後の《病が重くなってから》と周建人はしている。《歴史を学んだ日本人》とは誰なのか。「田軍作『八月の郷村』序」（一九三五年三月二十八日記）に魯迅は書いている。「墓記」を書く一月前のことだ。《手元に本がないので、どこで見たかはっきりしたことはいえないが、すでに漢訳された箭内亘氏の著作だったかも知れない。彼は宋代の人民がどのように蒙古人によって淫殺され、俘獲され、踏みにじられ、奴隷として酷使されたかを、一々記述していた》。箭内亘の著作とは『蒙古史研究』（岩井大慧編、刀江書院、一九三〇年十月刊）のことである。漢訳本は周建人勤務の商務印書館から陳捷、陳清泉共訳で事変後の一九三二年から三三年にかけて七冊に分けて出版された。

寿によれば、この話をしたのは魯迅をおいて他にないという。故郷御床の誠一の周辺にはこのような人物の存在は認められないし、仮にいたとしても、魯迅や周建人が知ったのなら、寿以外、誰も二人に伝えるものはいない。また誠一の身のまわりを世話をした寿夫人愛子はその前後に魯迅と誠一が話し込み、塞ぎ込んでは物思いにふける誠一を目撃している。病気の再発もこれ

写真 12　大陸新村魯迅宅。左側に誠一が送った博多人形藤娘とその後方は誠一遺作油絵“菊の花”。1936 年魯迅逝去に際し撮影。７枚１組のブロマイドとして売られたうちの１枚。

と深く関係しているという。ならば、当然誠一が帰国する一九三三年七月以前のことであり、漢訳本の出版をきっかけに、魯迅は《歴史を学んだ日本人》箭内亘の著作をもとに中国の歴史を語り、誠一を諭したことになる。

誠一に即して元寇教育をみるとなお一層魯迅の日本理解の深さが分かる。一九一三年、今津発掘元寇保存会発足（誠一小学校一年）、一九一六年、今津に元寇記念碑除幕。記念日に糸島郡の学童記念碑前に参集（小学校四年）、一九二〇年、《国民思想を統一し護国の精神を発揚する》ことを趣旨のもと活動写真「国難全四〇巻」を完成、十一月より全国一斉上映（中学一年）、二四年、文永之役殉難者六五〇年祭（中学三年）、三一年、元寇弘安役六五〇年祭（上海在住、二五歳）。この間、「元寇」の虚構が作り上げられた。蒙古襲来はいつの間にか「元寇」となり、元朝の圧政に苦しんだ中国人をふくめて「元寇」とする歴史のすりかえ作業が進んだ。それはちょうど誠一の成長期に重なる。そして満洲事変に極点に達し、反中国キャンペーンは「元寇の報復」が一つのスローガンとなった。上海事変はこの一大キャンペーンの成果を国民に問うたのである。熟成された「国難」意識と「挙国一致」の精神は一年余の時間をかけて日本のすみずみまで植え付けられ、日蓮宗僧侶襲撃事件を仕組んで、一つの謀略によって点火されたのだった。「敵国降伏」である。

元寇弘安役六五〇年祭によって作り上げられた虚構が誠一の心のなかで崩れ始めた。日本人と中国人の関係がそれ以前教えられた歴史ではないことを誠一は知り始めたのである。その矛盾の狭間に彼の苦悩が生まれた。魯迅は「墓記」で彼を「友」とした。事変中彼を助けてくれただけの理由ではない。事変後、《国民精神作興》の虚構に目醒め、再度《人間らしい仕事》をしようと自覚した誠一を「友」と呼んだのである。《民は四年前の春に目醒めた》（「立此在照六」一九三六年九月二十七日）と魯迅は語ったことがあるが、誠一もその中の一人であった。

おわりに

戦争が終わり、友情の証である墓碑は平和な時代を迎えることができたが、戦後の混乱と農地解放によって整地され現存しない。しかし誠一の「菊の花」と博多人形「藤娘」は今も上海大陸新村の「魯迅故居」に飾られ、魯迅と無名の日本青年との友情を今に伝えるとともに、我々に彼の死の意味を問い続けている。

（横地　剛）

鎌田誠一《かまたせいいち》（一九〇六〜一九三四）
福岡県糸島郡小富士村御床（現志摩町御床）生まれ。十一人兄弟の四男。鎌田家は長年庄屋を務めた旧家で、明治以降も父三郎、長兄五郎と代々、村長、町長を歴任。誠一は幼くして父母を失い、長兄五郎によって育てられた。病弱なため、西南中学、福岡中学、糸島中学と入退学を繰り返し、一九二七年、三年遅れて中学を卒業、同年四月、早稲田高等学校に入学したが、家庭の事情により同年十月退学。明けて一九二八年二月、次兄寿の招きを受け上海に赴き、寿とともに内山書店に勤務。一九三三年七月、結核を再発させ帰国療養。一九三四年五月十七日、故郷で長逝。享年二十八歳。

第六章　魯迅と長崎

1　長崎へのあこがれ

魯迅は長崎には一度も来ていない。しかし心情的には二度も三度も来ているようであり、『日記』によれば、「仙台」の文字は出て来ないが「長崎」は数回出て来るし、晩年には長崎特産、茂木ビワを喜んで食べているふしがある。また、その『書帳』によると『切支丹殉教記』や『長崎の美術史』、『日本廿六聖人殉教記』などの書籍を購入しており、長崎事情について相当の知識をもっていたようである。更に、『書信』には《長崎に行きたい》《長崎がもっともよい》とまで書いたものもあり、それはもはや、単なる思いつきからではなく、長崎に対する強い関心、もっと言えば、一種のあこがれすらもっていたように思えるのである。

魯迅は、いったい何を契機に、どのような関心をもっていたのであろうか。

写真 13　魯迅の自筆の題字「1930年 9 月 24 日上海で撮る。時に年五十歳」とある。

小論では、『日記』『書信』『書帳』を中心にして、これを追究してみよう。

ところで、魯迅の来崎は実現しなかったが夫人の許広平《きょこうへい》（一八九八～一九六八）は来崎、四泊している。また、老朋友、内山完造は、魯迅没後ではあるが、「長崎内山書店」を開き、長崎の好学の士に「魯迅精神」を語っているふしがある。いささか蛇足の感もあるが記しておこう。

『日記』中の長崎関係の記録（傍線筆者）

一九二七年

二月十七日　卓治より手紙、五日長崎発。

三月五日　卓治より手紙と原稿、二月二十三日長崎発。

三月九日　卓治より手紙、一日長崎〔発〕。

三月十日　卓治へ手紙。
三月二十九日　朝、卓治よりハガキ、二十二日発。
十一月十日　午後、李秉中来る。
十一月十五日　午前、秉中よりハガキ、十二日長崎発。
十一月十九日　午前、秉中より手紙。
十一月二十一日　秉中よりハガキ。
十一月二十二日　午前、秉中へ返信。
一九三三年
六月八日　夕、内山夫人来る、ビワ一包をいただく。
一九三四年
二月十五日　『日本廿六聖人殉教記』一冊、一元を買う。
六月十二日　内山君より長崎ビワ一皿をいただく。
六月十六日　夜、坪井先生来る、長崎ビワ一籠をいただく。
一九三五年
六月二十日　午後、内山夫人よりビワ一包届く。

さて、ここに登場する卓治《たくじ》は厦門大学での教え子、李秉中《りへいちゅう》は北京大学での教え子である。卓治とはペンネーム、本名は魏兆淇《ぎちょうき》という、もともと上海南洋大学工科の学生であったが、二六年九月、魯迅が厦門大学に赴任するや追っかけて転校し、魯迅が退職するや自分もまた退学している。そして二月には長崎へ、数ヵ月後にはパリ、ジュネーヴ等ヨーロッパへ留学、三三年帰国、五月九日に魯迅を訪問している。

卓治は退学直後、一月十六日付にて「厦門と厦大」という一文を『語絲』（第一一七期）に寄稿しているが、その鋭い諷刺は、まさに魯迅ゆずりであり、転学、退学の理由も頷けるし、また別の見方をすれば、それは期せずして、師・魯迅の退職理由の説明にもなっている。

曰く、《厦門人は斯く温順分に安んじ、お上には絶対服従、一屁もひらず、一言もいわず……他所者には絶対侮蔑。省界、郷界いたるところ》《厦門の大通りは広く清潔、平坦で、二尺半の轎が通るにちょうどよく、ゴミは多いといっても積むほどではなく、日当たり良好とはいえないが真昼になれば必ず当る》《厦門は通商開闢以来変化なし、厦大また然り、その精神はコンスタント》《予算案は朝三暮四、削減・復活・増額・自由自在》と。

李秉中は北京大時代に魯迅から経済的援助を受け、後に黄埔軍官学校入学、二六年、ソ連に派遣され、モスクワ中山大学入学、翌二七年、日本留学、陸軍を学び三二年帰国、南京国民党軍事機関に配属されている。

日記や手紙によれば、魯迅は秉中の結婚式にも出席しているし、何かと親身に相談にのり、家族ぐるみの付き合いをしているが、秉中は後に蒋介石の意を受け、魯迅に外遊を勧めている。

さて、問題は二人の教え子が、長崎からどんな手紙を書き、魯迅がどんな返事（三月十日卓治、十一月二十二日秉中宛）を書き送ったかであるが、肝心の手紙が現存せずわかりようがない。しかし私は、卓治の長崎発三通の手紙と秉中来崎後の十一月、続けざまの三通の手紙やハガキには、唐寺や天主堂、出島オランダ屋敷など、長崎事情が書かれていたに違いないと思う。そして一方、厦門を逃げ広州へ、そこでは有為な青年が虐殺される、それも青年が青年を売るという絶望的な体験をし、やっと上海へ逃げて来た魯迅にとっては、二人からの長崎通信、とりわけクーデター後の秉中の手紙に心をいやされるもの、或いは、別種の戦闘法のヒントがあったのではないかとも思うのである。というのは、この年十一月末に『切支丹殉教記』を買い求め、以降いわゆる「長崎もの」を買い始めているからである。この書籍との関係については後述するとして、今少し、二人の長崎滞在期間について考えてみたい。

『長崎日日新聞』（一九二七・二・五）の船舶往来欄によれば、日本郵船、日華連絡船は以下の通りである。

長崎丸　五日午前八時半神戸より入港、午后一時発上海へ

上海丸　五日午前十一時上海より入港、午后五時発神戸へ
上海丸　九日午前八時半神戸より入港、午后一時発上海へ
長崎丸　九日午前十一時上海より入港、午后五時発神戸へ

上記とその前後の新聞により、当時は四日に一便出入港していることがわかり、二月の出船、入船は一、五、九、十三、十七、二十一、二十五日である。

卓治はおそらく、一日の長崎丸または五日の上海丸で来崎、第一信を書いたと考えられる。第一信は九日の上海丸で運ばれ、八日後の十七日魯迅の手に届く、第二信二十三日付は二十五日の船で、八日後の三月五日魯迅へ、第三信一日付は当日発の船にまにあって、八日後の九日に魯迅落掌と考えると日数は符合する。

卓治はいつまで長崎に滞在したのであろうか。魯迅は三月十日に返信しているが、これは連絡船の関係から長崎滞在中の卓治にあてたものであろうし、二十二日発、卓治のハガキも魯迅の返事を受け取った後であろう。となれば、二〜三月の両ヵ月間滞在したと考えて間違いなかろう。しかし、三月末から日本各地を旅行したのか、すぐ帰国、パリへ出発したのかはつかめない。日記の同年九月十七日付で、卓治のパリ発第一信が七月十一日付であることは定かであるが——。

秉中の場合はどうであろうか。

長崎発第一信（十一月十二日付）を十五日に受け取っている。日記にみるように前々日の十日、魯迅を訪問しているので、十一日乗船、十二日長崎着、即刻ハガキをしたため投函したのである。『長崎日日新聞』（一九二七・十一・十）によれば、十二日長崎丸入港、十三日上海丸出港とある。それにしても、この第一信は、現在の航空便以上の速さであり、「一衣帯水、一葦可航」を理屈ぬきで実感させられる。

魯迅は秉中の手紙を十九、二十一日にも受け取り、二十二日に返事を書いているが、これも連絡船の関係から、長崎滞在の秉中宛であろう。しかし、その後、いつ、長崎を離れどこで陸軍を学んだかは、現在のところつかめていない（大村師団か熊本第六師団であったかもしれない）。しかし、いずれにせよ、二人の教え子が一ヵ月ないし二ヵ月滞在、交信したということは、魯迅をして長崎にかつてない親近感を抱かせたであろう。

次に内山夫妻や坪井医師が長崎ビワを贈っていることにふれてみよう。ビワの収穫期は五月下旬から六月中旬までのごく短期間である。従ってこの時期に長崎を通過し自分で買ったか、或いはお裾分けかである。というのは長崎ビワが上海に出荷されはじめたのは昭和十五年からであり（長崎日日新聞による）、魯迅没後だからである。

三二年六月八日《夕、内山夫人来る、ビワ一包をいただく》とあるが、この年三月、内山夫妻は帰国させられており、ビワの時期に帰滬しているところから、これも長崎ビワであろう。

なぜ、誰に帰国させられたのか、ここでどうしてもふれておきたい。だがその前に内山完造氏（一八八五〜一九五九）について一言しておこう。氏は、ほぼ三〇年間、「上海内山書店」を経営、書籍を通して日中文化交流につくした人物であり、魯迅とは二七年十月以来、両三日おきに訪ね合う、それも家族ぐるみの付き合いをし、魯迅の絶筆は内山氏宛の走り書きの手紙であった。また『魯迅日記』には百人余の日本人が登場するが、その半数は内山氏の紹介であったと言われている。

さて、話をもとに戻す。

この年、日本軍は、一・二八事変をひきおこして、上海人に《日本の武力を知ら》しめようとした。魯迅は家族共々、一ヵ月以上も内山書店に避難、三弟建人や多数の中国人、さらに在留邦人までもが内山氏に助けられている。内山氏自身は、《夫婦だけで籠城するつもりになって居ったが、私に対する非難は非常なもので、度々危険な気の狂った日本人の自衛団とか自警団とか称する人々の前に引き出され》ついにはジャケット姿で日本へ帰国させられたのである。

内山氏は帰国中、増田渉、佐藤春夫と語らい魯迅を日本へ招待している（この前年増田渉は魯迅に九州大学で中国文学を講じてもらうべく運動している）。しかし、魯迅は九・一八（満州事変）から一・二八（上海事変）と続く日本軍国主義の本質を見抜き、《日本にも未《まだ》、本当の言葉を云う可き処ではないので、一寸気を附けないと皆様に飛んだ迷惑をかけるかも知りません》と鄭重に断っている。

魯迅は美味しかったなどとは記していない。しかし、私には内山、魯迅夫妻の長崎ビワを手にした笑顔が想像されてならないし、また敬虔なクリスチャン内山夫妻が、長崎の天主堂や、殉教史について或いは中国の坊さんによって建立された崇福寺や眼鏡橋について語ったに違いないと思われるのである。そして魯迅はますます長崎に対する関心を強くしたと思うのである。

2　実現しなかった長崎療養

『書信』中の長崎関係の記録（傍線筆者）

夏頃に子供をつれて長崎あたり行って海水浴でもしようかと思った事がありましたが又やめました。しからば不相変、上海です。（一九三四・六・七　増田渉宛）

先月には随分日本の長崎などに行きたかったが遂に種々な事でやめました。上海があつかったから西洋人などが随分日本に行った様ですから日本への旅行も忽ち「モーダン」な振舞となりました。来年に行きましょう。（一九三四・七・二十三　山本初枝宛）

医師は転地療養しなければいけないといいます。（中略）目下のところ、日本へ行こうと考えています。（中略）場所は長崎が最もよいと思います。というのは、何といっても国外で、私を知っている人が少なく、安静にできるから。東京に近いのは、よくない。（一九三六・七・十一　王治秋《おうやしゅう》宛、以下訳文は『魯迅選集』岩波版）

手紙がどこまで真実を表わすものか、それは軽々に判断しがたいものであろう。心にもないこと、強がりを書くこともあれば、ずばり本心を書くこともあろう。

魯迅は五十路を前にして初めて親となる、それも男児（海嬰《かいえい》、一九二九〜）をもった。その喜びは想像に難くないが、手紙では《厄介者》とか《生んだ以上育てねばならぬ》《むくいだから》などと書いている。しかし事実は「答客誚」の詩があり、日記では海嬰の病気の時、眠ることができなかったと書いている。また日記によれば、一人息子海嬰は幼少時、大へん病身であった。毎年二度も三度も風邪や下痢で半月以上も病院、それも往診の方が多く、坪井医師や須藤医師は、月によっては毎日か隔日で往診、まるで主治医のようである。もちろん魯迅自身も胃病、喘息、肺病で親子して病院と縁が切れず、当時の日記は三分の一が病気メモといってもいいすぎではない。こういう次第で、夏の間に充分日光浴をして皮膚を焼き、冬にそなえるよう、医者から忠告されたのである。それには海辺か野外に行かねばならぬが上海には適当な所もない。思い切って考えたのが、内山氏から聞く長崎、外国とはいえ一昼夜で行ける長崎だったのである。もちろん、これは病気療養の理由からだけではない。《上海はテロは横行するし、何か書けば、日帝から原稿料をもらった漢奸》とののしられるし、《まるで大きな炉の上におるようなもの、しばらくでも逃げだし静養したい》と思ったのである。しかし、そうは思いながら、《山や海岸がいいにきまっているが金持ちでなければ住めない。結局、寿命を縮めるとわかっていても、ここであくせく暮らすしかない》とも言っている。

魯迅は長崎行きが心身共によいことを百も承知でいながら上海にふみとどまった。それはたとえ病気療養のためとはいえ、それでなくても漢奸とののしられているさなか、しかも現実に中国をふみにじっている当事国、日本へ行くことのためらい（これはずっとつきまとう）が依然としてあったからである。これが初めの増田、山本宛の手紙の背景であろう。

三五年、病気は益々重くなる。殊に前年冬スペイン風邪を患って以来、体力はすっかり衰える。

医者からは本も読むな、字も書くな、煙草もダメと警告される。数人の友は田舎へ行くよう勧める。（一九三五・六・二十七　蕭軍《しょうぐん》宛）

最近、私についてのデマが非常に多い。日本の新聞は、私が中国を離れるため、旅費づくりに懸命に翻訳して大病を患ったと書き、「社会新聞」は、私が既に日本へ、〃順民〃になりに行ったと言っています。（一九三五・七・二十七　蕭軍宛）

私の胃病はもう二十才以前からのもの、良かったり悪かったりで、大したことはないのです。S女史がヨーロッパ人の眼光をもって私を見、体が弱っている上に仕事が多すぎる、これでは、おそらく長くせずして死ぬ、何んとしてでも一年間療養しなければと言います。（一九三五・十・二十二　曹靖華《そうせいか》宛）

かくして、三六年六月、魯迅はほぼ一ヵ月間、死線をさまよう大病を患う。七月、やっと持ち直すが、その頃一旦は諦めた長崎行きを再び切望するようになる。これが《場所は長崎が最も良い……》の先の王冶秋宛の手紙である。もはや病気も甘くみておれない。他人のこともかまっておれない。体力をつけないことには闘いも不可能と、長崎療養を本気に考えるのである。

長崎を選んだ理由として《国外で知った人が少なく、安静にできるから》と言っているが、私には今一つ、書籍で知り、弟子や内山氏から再三聞かされたキリシタン虐殺の地、長崎、それも雲仙！という気持もあったと思われるのである。

内山氏によれば、氏が雲仙を勧めたところ魯迅も同意したので、早速バンガローまで予約、八月一日に行くことに約束したという。『長崎日日新聞』同年七月三十一日、長崎港出入船欄には《八月一日、長崎丸上海から入港》とあり、内山氏はキップの手配までしていたかも知れないのである。ところが南京から見舞が来てドイツ漫遊を勧められ、魯迅は《これは蒋が邪魔になるからドイツに行って貰ひたいといふ意味だ、雲仙へ行く事は逃げた事になる、俺が敗けた事になるから止めた、といってどうしても行かない》のである。ここには蒋に屈服しないため、あくまで中国を離れまいという魯迅の決意がみられるが、私には、同時に魯迅の内奥にずっとくすぶりつづいていた侵略国、日本へ行くことのためらいがさっぱりとふっきれた、さわやかなことばのようにも受けとれるのである。

しかし、私は雲仙行きが実現しなかった理由は今一つあると思っている。それは病気が転地療養すら許さない位こじれきっていた、もはや時期を失していたためとも思っている。

日記によれば、八月一日の体重は三八、七キログラム。七日〜二十一日、九月一日〜二十日まで毎日注射を打っているし、微熱が続き、ついには「面会謝絶」となっているのである。

この病状から、九月三日、母宛の手紙で《医者から離れられず、今年は他所へ休養に行けそうもありません》と雲仙行きを断念しているのである。

十月に入って、病状は小康状態となったのか、日記によると、四日、六日、十日、広平と、海嬰、瑪理（魯迅の姪）をつれて映画に行き十一日には広平、海嬰とフランス租界に家探しに行っている。

さて、ここで冒頭にふれた二つのことについて記しておこう。

魯迅は来崎しなかったが、夫人の許広平は来崎、四泊している。それは一九五六（昭和三十一）年八月九日からの第二回原水爆禁止世界大会に中国代表として出席したのである（この時内山氏が終始付き添っている。『許広平文集II』による）。

長崎民友新聞によれば、前夜、長崎駅頭での市民歓迎大会での許団長の《我々は日本人民の力を平和の力とみた。この大会が原水爆の禁止をさらに推し進めるであろうことを確信する。平和を愛する人民よ団結しよう》のあいさつを報じ、更に「被爆者を抱く中共の許広平女史」の説明付きの二段抜き写真を載せ、十三日付けでは《長崎大学附属病院の被爆者を見舞い十二日午後四時、雲仙経由で離崎した》と報じている。

当時はフェリーも高速道路もなかった時代であり島原港↕三角港航路は長崎↕熊本の主要路線であったわけだがこの雲仙経由は許広平が日本側に申し入れたものと推定して間違いなかろう。

許広平はおそらく、夫があれほど行きたがっていた長崎・雲仙！　ここがそうなんだと感慨にふけったことであろう。

写真14

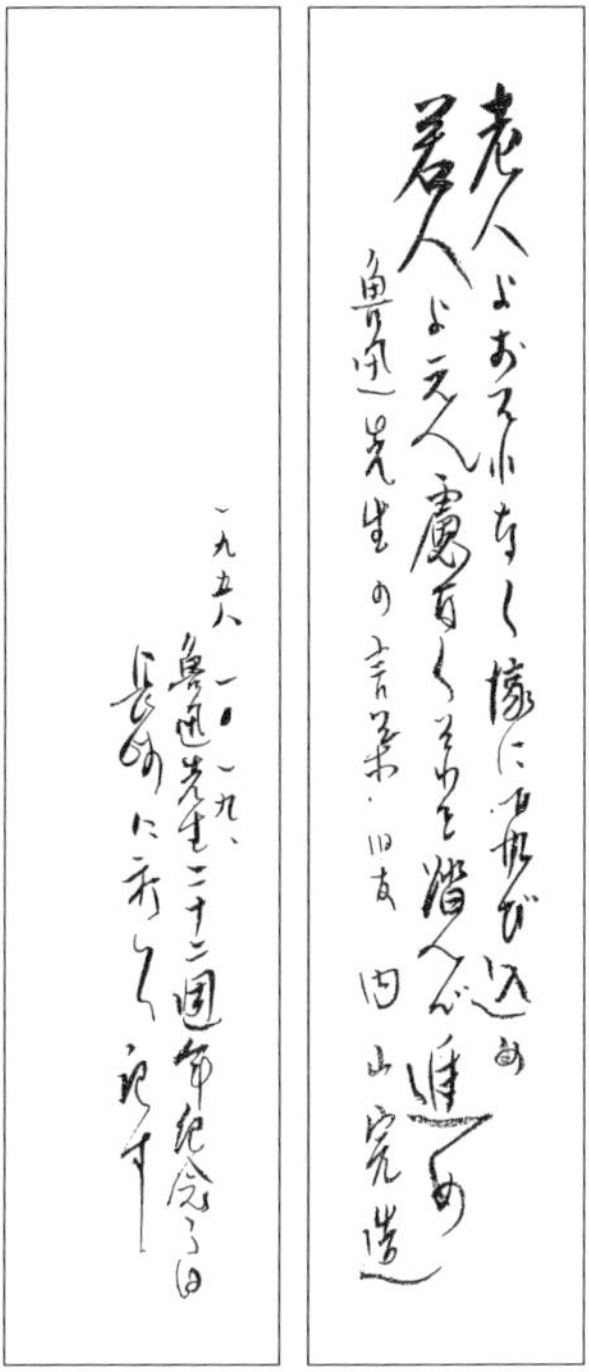
写真15

次に「魯迅精神」が内山完造によって講ぜられたことについて。『花甲録』（内山が還暦に記した自伝）によれば、内山氏は昭和十三年秋から十六年まで「内山書店長崎店」を開き、夫人が療養がてら、親戚の娘二人に手伝わせ営んでいる。ここに長崎の好学の士が相集い、終には「中国語講習会」や「中国事情勉強会」が開かれている。主なメンバーは長崎民友新聞社の田中丈平（後、同社社長）、高橋内科医院々長高橋喜代志夫妻、松尾哲男（後、長崎県議）である。（「内山完造先生と長崎」（田中弍平・一九五六）には、完造の「長崎の思い出」「長崎生活」「華語講習会」という友情あふれる文章と「昭和十五年夏期華語講習会主催者講師講習生一同」及び「昭和十五年五月十五日於上海丸甲板上内山完造先生上海へ帰宅記念」の写真が収録されている。）

なお、写真14は魯迅が序文を寄せた内山完造『生ける支那の姿』の完造署名本である。

内山氏は魯迅について多く語ったと思われる。というのは、ずっと後になるが、昭和五十七年十月、筆者は高橋内科医院を訪問、その折、既に院長は他界されており、夫人より完造直筆の短冊、数枚を見せてもらった。今その一枚を紹介する（写真15）。

3　魯迅の内なる長崎

『書帳』中の長崎関係の書籍

書名	著訳者	出版社、年	購入年月日
南蛮広記	新村出	岩波、大十四	一九二五年九月二十六日
続〃	〃	〃	一九二五年十二月三日
切支丹殉教記	松崎実	春秋社、大十四	一九二七年十一月二十五日

長崎の美術史　永見徳太郎　夏汀堂、昭二　一九二九年一月二十一日
日本廿六聖人殉教記　レオンパゼス
木村太郎訳　岩波、昭二　一九三四年二月十五日
えすぱにや・ぽるつがる記　木下杢太郎　岩波、昭四　一九三六年十月十三日

魯迅はいったい何がきっかけで前記の書籍購入となったのであろうか。またそれが魯迅にどんな影響を与えたのであろうか。それを解く手がかりとして、魯迅自身がキリスト教にふれた文章を列挙してみよう。

上海にきてテロの残虐に感じるところがあって、また一篇半ほど書き『虐殺』と題をつけた。まず日本の幕府がキリスト教徒をはりつけにして殺したこと、ロシアの皇帝が革命党をむごい刑罰に処したことなどについて書いた。（『二心集』「古文を書く秘訣と立派な人間になる秘訣」（一九三二・四・十六））

外国に硬骨漢が中国より多いのも外国の酷刑が中国に及ばないためです。私はかつてヨーロッパで昔行われたキリスト教徒虐殺の記録を調べたことがありますが、その残酷さは中国の

足下にも及びません。（一九三三・六・十八　曹聚仁宛）

五、六年前、虐殺法について考えた時日本書を見て、彼国がキリスト教徒を殺す時、火刑の方法を用いた。それは他の国と違って、遠くから、じわじわと火あぶりにする刑で、その苛酷な様には嘆息させられる。ところが后に、唐人の書いたものを見ると役人が盗人を殺す時、やはり火を用いて、ゆっくりと火あぶりにし、のどがかわけば醋を与えています。これまた日本人の及ばざるところです。（一九三四・五・二十四　楊霽雲宛）

これらに関連して、私は内山氏と魯迅との「殉死」をめぐってのやりとりを思い出す。すなわち、魯迅が序文を寄せた『生ける支那の姿』中の「殉教の話」である。

日本人の殺伐な残虐性を証明するのが、切支丹迫害なら、日本人の熱烈敬虔な殉教精神を発揮したのも、切支丹迫害だ、と切支丹迫害のもたらした正負両面を描き、続いて、中国に殉教者が出なかったのは、天主教に対する迫害が日本のように峻烈でなかったからと言い、また中国の殉教者といわれる人々は、助かろうと思って過って殉教者となったもので、中国に情死や殉教がないのは自然なことと思うと言う。魯迅はこれを聞くや、古来、中国には親に対する孝に殉じた者、婦人で節に殉じた者、忠のために殉じた者がたくさんいた。つまり形の変わった殉死だと反論したというエピソードである。

要するに、魯迅がキリスト教に関心をもったのは、その教義より、教徒虐殺法にあったようである。それも中国の虐殺法と比較するところにあったようだ。なぜ虐殺法に興味をもち、なぜ比較したくなったのであろうか。

《上海のテロの残虐に感じるところがあって》とさらりと書いているが、四・一二クーデター以来、多くの青年がつぎつぎと虐殺され、柔石ら五人の青年作家も左連（左翼作家連盟）への大弾圧でいつの間にか消されてしまい、魯迅は《悲憤の中に沈潜して行》きながらも出路をもとめてもがいていたのであろう。それが虐殺史への関心となり、世界の虐殺に目を向けたのであろう。

魯迅はこの時期、キリスト教関係の書籍と並行して『拷問と虐殺』――ロシア史実――や『ソヴィエートロシヤの牢獄』（ロシアの政治犯数十名の著作）、『ファシズムに対する闘争』、『殉難革命家列伝』等の書籍を続けざまに購入しているのである。

魯迅は単なる比較をしたのではないようだ。ヨーロッパや日本の残虐さは中国の足下にも及ばないと言うかたわら、《彼の国の弾圧方法は、まさに組織的で微細であり、ドイツ式で精密周到である。若し中国でこれを用いたならば、たちまち状況は変わるでしょう》とも言っており、さらに《日本と支那との大衆はもとより兄弟である。資産階級は大衆をだまして其の血で界をゑがいた、又ゑがきつつある……》の小林多喜二への弔文をも書き送っているからである。

魯迅は虐殺史を調べるなかで、逆に虐殺者への報復の文章――それは即、虐殺された青年たちを生かし続けるためのもの――を書こうと思ったのではあるまいか。と言うのは、ヨーロッパ人が死に臨んで、許したり許されたりの儀式をやるが、自分は勝手に恨ませておくし、自分のほうでも一人だって許しはしないというのが魯迅の真面目だったからである。

さて、内山氏が雲仙での療養を勧め、魯迅が喜んで承知したことは既述した。そして、それは書籍で知った「虐殺の地、雲仙」の印象が強く働いたからともした。そこで、魯迅が読んだ書籍について簡単に述べてみよう。

『切支丹殉教記』には信者たちが地獄責めに遭うくだりが生々しく描写されている。

本書は切支丹の伝来、二十六聖徒の殉教、島原の乱と教会の運命、温泉嶽など十一章からなるが、なかでも温泉嶽の章のイサベラ夫人への苛責の場面はとくに生々しい。

裸体にしてうつむけに寝かせておいて、これでもか、これでもかと、一杯ずつ硫黄の熱湯を背に注ぎかける。皮膚黒く焼け、肉赤く爛れて傍目にも恐ろしい姿になる。

『長崎の美術史』には、南蛮絵、北宗画、南宗文人画、長崎版画、浮世絵師、工芸、工匠伝等々があり、とりわけ長崎版画二十枚があり、その特色や歴史が詳述されている。また踏絵や二十六聖人殉教図もあり、魯迅は定めし、見飽きず眺めたことであろうし、できれば長崎に行って実物を見たいと思ったであろう。

『廿六聖人殉教記』には、殉教者の列伝があり、なかんずく三人の少年福者のそれは興味深い。大名がそのあまりの幼きを見て、信仰を棄て自分に仕えるようと言うのに《爾こそ切支丹と成るに若かず、然らば共にハライソに参らん》というルイス十一歳の記述がある。

『えすぱにや・ぽるつがる記』は死の六日前に求めたもので、完読できなかったかも知れないが「日本に於ける切支丹の運動」というキリシタン宗門の運動を鳥瞰的に論じた大論文もある。

以上、魯迅が長崎に関心をもった契機とその内容を検討してきたが、それを今一度要約すれば、それは決して、単なる病気療養地としての長崎、雲仙ではなかった。現実の虐殺横行に有為な青年が殺害されていく、それが契機となり、それと対決すべく、虐殺史を追求する中での長崎発見であり、雲仙発見であったと考えられる。二七年前後から死に至るほぼ十年間、魯迅の心中には、虐殺――殉教（殉死）――長崎――報復という軸が、徐々に形成されていたのではあるまいか。（本稿は『未名』第五号（一九八五）の「魯迅と長崎」を改訂したものである。）


（永末嘉孝）

魯迅《ろじん》（ルー・シュン、一八八一〜一九三六）

作家・思想家。本名は周樹人《しゅうじゅじん》、魯迅とは筆名。浙江省紹興の没落官僚の家に生まれ、少年時より世の辛酸をなめる。〇二年、日本留学、仙台医専に学ぶも「肉体の健康より精神の改造が急務」と医学を捨て文学の道へ入る、〇九年、帰国、一八年、儒教道徳に潜む「食人関係」をあばいた「狂人日記」を発表、中国の文学革命に実質を与えた。

創作集には「狂人日記」、「阿Q正伝」を含む『吶喊《とっかん》』、「祝福」、「傷逝」を含む『彷徨』、散文詩集『野草』、「藤野先生」を含む『朝花夕拾』、「鋳剣」を含む『故事新編』、更に魯迅が「雑文」と称した時局批判の文章やいわゆる「正人君子」との論争文が数多くある。二六年、厦門大学、二七年、中山大学で教鞭をとったが四・一二クーデターで教壇を去り、同年十月より没年まで上海で文学活動に専念した。

第七章　「満州国」詩人矢原礼三郎と『九州芸術』

雑誌『九州芸術』は、後に九州文壇の中心的存在として活躍する原田種夫（一九〇一～一九八九）、岩下俊作（一九〇六～一九八〇）らの結成した九州芸術連盟の同人誌で、一九三四（昭和九）年七月に隔月刊として創刊された。

その第一年第二冊（一九三四年九月二十日）にいずれも中国大陸の風景を主題とした二篇の短い詩――「百貨店」、「昼」――が掲載されており、この号の十数篇の詩の中でもひときわ異彩を放っている。作者は、矢原礼三郎《やはらあやさぶろう》（?～一九五四?）という耳慣れない詩人である。

矢原礼三郎という人物は、その生没年さえ定かでないことからもわかる通り、詩人としては全く無名に近い存在といってよいだろう。その経歴に関する資料も殆どなく、なお不明な点も数多い。

「満州国」旅順で生まれ育った矢原は、一九三二年頃から詩作を始め、主に一九三七年頃にかけて大連の『鵲《かささぎ》』、『満州詩人』、新京（長春）の『満州浪曼』、さらには内地（東京）の『麺《パ》麭《ン》』、『文芸汎論』などの文芸誌や『満州日日新聞』の文芸欄を中心に数多くの詩を発表した。また、映画専門誌『キネマ旬報』にもしばしば中国映画に関する評論を発表している。一九三八年前後には満映（満州映画協会）製作部に入り、脚本創作に従事するとともに、映画『七巧図』の監督、『壮志燭天』の助監督をもつとめている。その後、啓民映画部啓発課に転属した矢原は、

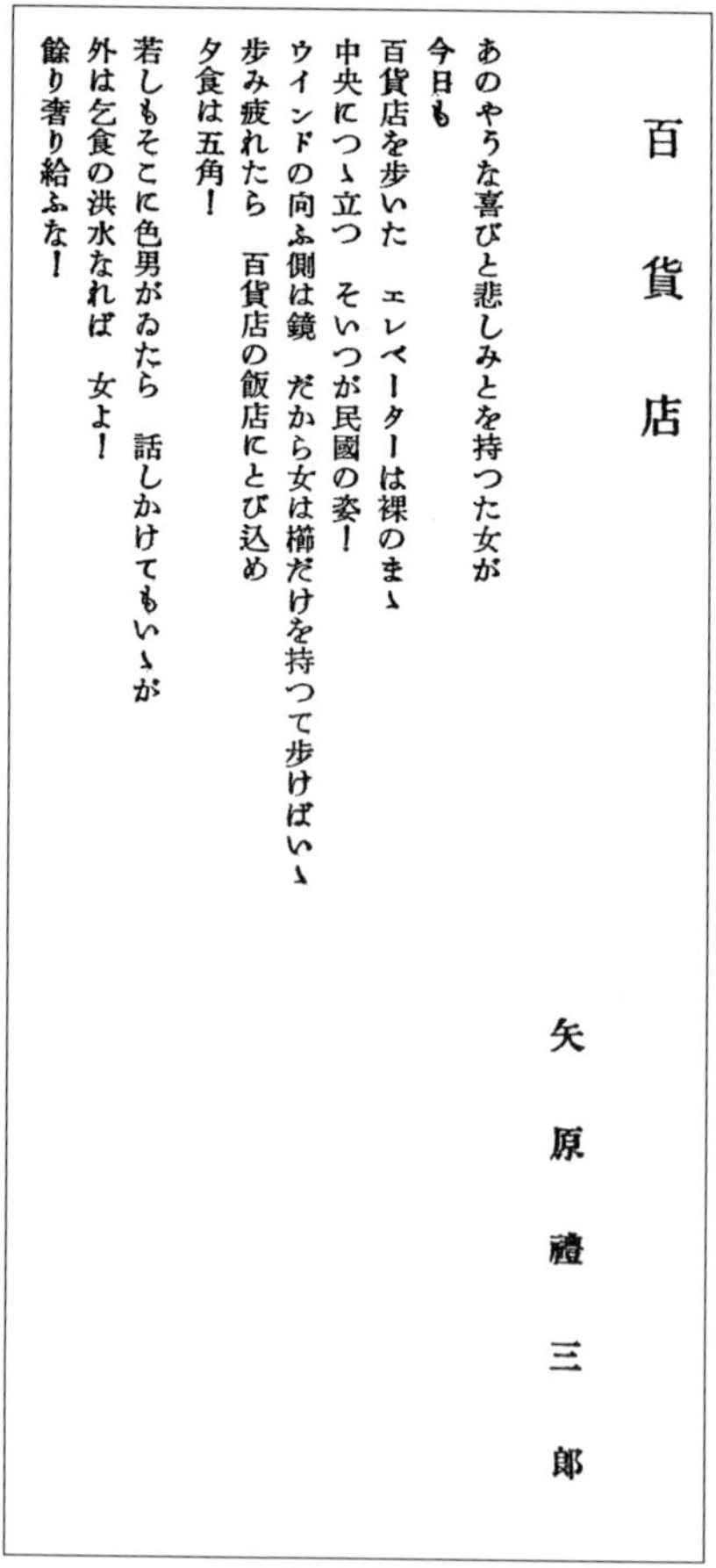
百貨店

矢原禮三郎

あのやうな喜びと悲しみとを持つた女が
今日も
百貨店を歩いた　エレベーターは裸のまゝ
中央につゝ立つ　そいつが民國の姿！
ウインドの向ふ側は鏡　だから女は櫛だけを持つて歩けばいゝ
歩み疲れたら　百貨店の飯店にとび込め
夕食は五角！
若しもそこに色男がゐたら　話しかけてもいゝが
外は乞食の洪水なれば　女よ！
餘り奢り給ふな！

写真16　『九州芸術』に発表された矢原の詩「百貨店」

満州詩人協会に加入し、同協会の主宰する『満州詩人』に数篇の詩を発表したが、満映の業務に忙殺されたのか、一九三八年以降は詩の発表数は極端に減少した（矢原の発表した詩は、現在筆者が把握しているものだけで、訳詩も含め一二六篇あるが、うち一二〇篇までが一九三七年以前のものである）。戦後東京に引き揚げた矢原は、一九四八年に中国研究所の編纂する『中国の現代文化』の「映画」の項目を執筆、その後一九五四年頃死去した。

　前述の二篇に代表されるように、矢原の詩はその大部分が、中国の都市、農村、或いは辺境の風景を主題とする叙景詩、若しくはその中に身を置く作者自身の心情を描いた叙情詩である。ただ、その中に少数ながら例外的な詩も存在する。例えば、天津の文芸雑誌『海風』第五・六期合刊号（一九三七年三月）に掲載された中国語詩「夜之記録」もその一つである。『海風』は、天津在住の青年詩人邵冠祥《しょうかんしょう》（一九一六〜一九三七）らを中心に結成され、詩歌による抗日救亡運動の展開、すなわち「国防詩歌」を標榜する文芸団体「海風社」の編集、発行によるものであった。

　「満州国」の日本詩人が、「抗日」を旨とする文芸雑誌に作品を寄稿したこと自体も興味深いが、その内容、とりわけ次の三句は注目に値しよう。

聴説北方的暗雲越発深刻　　北方の暗雲はますます色濃くなったという

今夜我因思惟民族的末路　　今夜私は民族の末路をおもんばかり
而徹夜不能安睡　　一晩中安眠することもできない

（拙訳）

「北方の暗雲」という表現は、華北地区における日本の軍事的脅威の増大という当時の中国北方の情勢を指していると思われる。また、作者が日本人であり、一人称を用いていることから、「民族の末路」は、「日本民族」の末路を指すと考えられよう。

このように日本に対して批判的立場から当時の社会情勢を直接的に描写した矢原の詩は、一九三六年を中心に数篇存在するのみであり、中国語詩は管見の限り、この「夜之記録」のみである。

では、いかなる経緯で矢原はこの詩を寄稿したのだろうか。手がかりとなるのが、当時青島に在住し、海風社とも連携しながら「国防詩歌」運動に従事していた中国の詩人臧克家《ぞうこくか》（一九〇五〜二〇〇四）の存在である。

矢原は『麵麭』第五巻第十期（一九三六年十月）に、臧克家の詩三篇――「民謡」、「生命の叫び」（原題「生命的叫喊」）、「元宵」――の邦訳を発表するとともに、その「訳者付記」で次のように、臧克家との交友関係について述べている。

臧克家は訳者にも個人的に親しくしているので、この人の人格面にふれながら楽々と自信の訳詩は成った。

矢原は中国現代詩に多大な関心を抱いていたようで、臧克家の他、卞之琳《べんしりん》（一九一〇～一九九〇）、胡適《こせき》（一八九一～一九六二）の詩の邦訳も手がけているが、特に個人的に親しい関係にあったのがこの臧克家だったようである。臧克家が「国防詩歌」を標榜する詩人であり、雑誌『海風』にも寄稿していることを考えれば、おそらく臧克家の仲介によって、矢原の詩が『海風』に掲載されるに至ったのではないだろうか。

このように中国現代詩壇と深い関わりを持つ矢原が、九州文壇とも関わりを持ったのはいかなる理由によるのか。『麺麭』に寄せた近況報告によれば、矢原は『九州芸術』創刊前年の一九三三年に日本本土を訪れている。或いはこの際に『九州芸術』の同人と親交を結んでいたのかもしれないが、今のところ詳細については不明のままである。

ただ、注目に値するのは、『九州芸術』第一年第二冊の巻末で「新加盟」と紹介され、同人名簿にもその名が記載された矢原が、翌第三冊（一九三四年十一月三十日）の巻末では社告として詳細な理由なしに「除名す」とされていることである。すなわち、矢原の九州文壇との直接的な関わりは、一九三四年九月から十一月にかけての僅か二ヵ月のみということになるのである。

さらに言えば、九州芸術連盟は、『九州芸術』発行のたびに、九州在住の文学者たちにとって一種のサロン的存在でもある福岡中洲のカフェ「ブラジレイロ」において「批評座談会」を開催していたが、大陸在住の矢原がこの種の活動に参加したとは考えにくい。矢原と九州文壇との関係の証しは、ただ前述の二篇の詩のみのようにも思える。

九州芸術連盟への加入、除名の経緯を含め、この矢原という詩人には、あまりにも不明な点が多い。だが、「満州」で生まれ育ち、専ら中国のみをその詩の舞台とし、恐らく高度の中国語能力を有していたであろう矢原は、中国「国防詩歌」運動との関わりなど、無名ながらも興味深い要素を多数持つ詩人でもある。単に九州と中国現代文学との関わりということではなく、「満州」などのいわゆる「外地」を含めた広い意味での日本文学と、中国現代文学との関わりという点から見れば、今後研究に値する対象となり得るのではないだろうか。

（与小田隆一）

第八章　内なる自己を照らす「故郷」
――坂口䙥子の文学における台湾と九州――

はじめに

坂口䙥子《さかぐちれいこ》（一九一四～）は一九五〇年代に「蕃地」ものの作者として文壇の注目を浴びた作家である。「蕃地」とは、日本植民地時代の台湾の原住民居住区に対する呼称であり、明らかに蔑称のニュアンスがある。だが坂口䙥子にとって、それは一般名詞ではなく固有名詞だった。《私にとってそれは、東京の練馬、とか、大阪の新地というような、固有名詞である。しかも私は、「蕃地」という時、「ふるさと」といっているような、なつかしさを心にぬくくたたえている》（「〝蕃地〟との関り」一九七八年）。

日本植民地時代後期に台湾ですでに文学活動を開始していた坂口䙥子は、終戦をはさんで十ヵ月間「蕃地」で生活した。「蕃地」ものの作品群は、その体験をもとに一九五三（昭和二十八）年から一九六一（昭和三十六）年にかけて発表されたものである。一九五三年に発表された小説「蕃地」は第三回新潮社文学賞を受賞、一九六〇年の「蕃婦ロポウの話」は第四十四回芥川賞候補となり、決選投票のすえ、三浦哲郎の「忍ぶ川」に敗れた。

もはや戦後ではない、と言われた時期に、敢えてこのような「蕃地」ものを世に問うたのはなぜなのか、彼女の文学世界において「蕃地」とは、台湾とは何なのか。いくつもの疑問が浮かんでくる。

これまで坂口䙥子を語る人は、台湾時代を研究する人は戦後を語らず、戦後を語る人は台湾時代を見ない傾向があったようだ。だが坂口䙥子の価値は、台湾時代と戦後の双方をともに視野に入れてこそ見えてくるものである。なぜなら自らの植民地体験を戦後このような形で文学に反映させた日本人作家は、おそらく彼女以外にはいなかったからだ。さらにそこから「九州」へと彼女の文学世界が広がっていったことも、九州と台湾文学のつながりを見るうえで見逃せない重要性を有している。

1　台湾時代

坂口䙥子は、一九一四（大正三）年熊本県八代に生まれた。父は八代町長を十五年務めた山本慶太郎、姉と兄そして妹三人の六人兄妹の三番目であった。少女時代から熊本の短歌雑誌『龍燈』に投稿するなど、文学に親しんで育った。熊本女子師範本科二部を卒業後、母校である代陽小学校の教諭となる。一九三五（昭和十）年、失恋の傷心を癒すため訪れたのが、彼女と台湾の最初の出合いであった。一九三八（昭和十三）年四月には再度渡台して台中の小学校に勤務。同年九月に研修旅行で日月潭と霧社を訪れている。この時の彼女に、その後「蕃地」と深い縁を結ぶことになるという予感があったのかどうか。《この旅で私は私のライフワークになった、当時高砂族とよばれていた山地の人々と接触した。まだ二十代前半の、瑞々しい感覚が私の触手になり、思いがけない豊富なものを貯えることになった》（「日月潭」一九八〇年）と後年の彼女は書いている。

『龍燈』が縁で台中で小学校教師をしていた坂口貴敏・キヨ子夫妻と知り合ったのはその頃である。一九四〇（昭和十五）年、病気のため退職し故郷に帰っていた彼女に、妻を亡くしたばかりの坂口貴敏が求婚の手紙を寄越した。顔見知りではあっても、よくは知らない相手であった。しかも再婚で二人の娘がいた。病弱で三十歳まで生きられないと言われ、普通の恋愛、結婚はできないと思っていた彼女はそれに応じ、両親の猛反対を押し切って再度渡台した。《苦悶する私に、浮上ってきた言葉があった。／——私が死んだらこの子達をたのむね——／キヨ子さんの声だった。……／どうしてそんな言葉がでたのか、彼女にどんな予感があったのか。その時、私は不覚にも無思慮に黙ってうなずいたのだ。糸に曳かれるようにうなずいていた》（「ともかくも生きて候」（1）一九九一年）。

結婚して台中に住み着いた彼女は、夫の勧めもあって、『台湾新聞』に文章を寄稿するようになった。さらに台湾放送局の放送文芸に応募した「黒土」が特選となるなど、台中の日本人社会では夫とともに知名人であった。だが当時、彼女の視線は、たとえ台湾を舞台にした作品であっても、ほとんど日本人だけに注がれており、その描く範囲も自身の生活圏を大きくはみ出るものではなかった。

その彼女が一つの突破を果たしたのが「鄭一家」である。これは『台湾時報』一九四一年九月号に発表されたもので、ある台湾人の老人が、時勢を迎え率先して「日本人」になろうと努力するのに、結局うまくいかない姿を描いた悲喜劇である。当時、プロレタリア文学作品「新聞配達夫」で日本の文壇にも知られていた楊逵《ようき》（一九〇五～一九八五）が、《作品について言へば、幾多の不満はあるにしろ、この〝鄭一家〟を斯く迄まとめ上げ、そして、斯く迄描破した、弱々しい坂口䙥子氏の根気強さと誠実さに僕は敬意を表する》（「台湾文学問答」一九四二年）と評価するなど、台湾人の側からも注目された。

その後、勧められて参加した張文環主宰の『台湾文学』に作品を発表するようになる。『台湾文学』は、西川満の『文芸台湾』に対抗してできた文芸雑誌で、同人には楊逵や呂赫若など台湾人文学者が多く集まっており、そのぶん反権力的な気分が強かった。

　坂口䙥子は一九四二（昭和十七）年二月、原住民と日本人の混血児を主人公とした小説「時計草」を『台湾文学』に発表するが、検閲により最初と最後の頁を残してすべてカットされた。翌一九四三年に刊行された単行本『鄭一家』にはやはり「時計草」と題される小説が収められているが、それが『台湾文学』掲載のものと全く同じではないことは、最後の部分の字句を比較してみただけでわかる。しかしどの程度異なったものなのか、今となっては検証するすべはない。

　その後「灯」（一九四三年）で第一回台湾文学賞奨励賞を受賞、夫に召集令状が来て動揺する気持ちを悟られまいと、気丈に振る舞う妻のはりつめた気持ちを描いたこの作品は、当時高見順にも激賞された。単行本を二冊出版し、ラジオで自作を朗読し、坂口䙥子の名前は当時の台湾文壇ではかなり知られていたが、日本人より台湾人文学者とのつきあいが多かったり、「時計草」で当局の注意を引いてマークされたり、どちらかというと異端の存在であった。尾崎秀樹は後年、「国策的な風潮の強いなかにあってもそれにまきこまれず、生活の現実にヒタと眼をつけている」と彼女の作風を高く評価している（「決戦下の台湾文学」一九六一、六二年）。

　とはいえ、坂口䙥子の台湾時代の作品は、秀作「灯」を始めそのほとんどが、日本人を主人公とする、日本人社会を舞台にした作品で、のちに台湾文学研究者に注目されることになる「鄭一家」と「時計草」は、実は彼女の作品群の中では例外的な位置を占めるものである。楊逵が絶賛した「鄭一家」の皇民化批判も、作者が最初からそれを意識的に準備していたと言うより、眼の前に見えた矛盾を素直に書いたらそれが巧まざる批判になっていたという方が正しい。また「時計草」にしても、理蕃政策を批判したという理由で掲載禁止になったとはいえ、《高山族と日本人との混血問題が、〔日本人─筆者注〕女性の側から扱われていた》（尾崎秀樹「霧社事件と文学」一九七〇年）作品のようであるし、今私たちが読むことのできる単行本版も、主な舞台は日本であり、霧社はヒロイン錦子の「新時代」（＝大東亜共栄圏の時代）にふさわしい結婚観を引き立てるための道具立てにすぎない。

従って台湾時代の坂口䙥子は、他の日本人作家とは明らかに違う位置に立っていたものの、彼女もまた、身は台湾にありながら、台湾の現実からは距離を置いたところで文学をしていたと言わざるを得ない。もちろん、そのことで彼女の作品の文学性が否定されるわけではないが、「台湾」という角度から見た場合、彼女が真剣に台湾、とくに「蕃地」と向き合うのは、戦後日本に引き揚げてからのことであった。

2 「蕃地」にて

一九四五（昭和二十）年四月から一九四六（昭和二十一）年一月まで、坂口䙥子は家族と共に当時の能高郡蕃地中原に疎開していた。中原社は、一九三〇（昭和五）年の霧社事件の際、蜂起に参加しなかった六部族の一部が集められて住んでいた。《蕃地境界線を越える、ということが、当時、どれほどの勇気を必要としたかは、今日から推量できることではない》。ためらう彼女の背中を押してくれたのは、楊逵だった。

一九四一（昭和十六）年、台中郵便局で楊逵が坂口䙥子に声をかけて知り合って以来、二人は家族ぐるみのつきあいをしていた。その楊逵が「蕃地」への疎開を勧めてくれたのである。《戦争は必ず日本が敗けます。あなた達は体一つで、日本へ送還される。幸い、あなたは台湾本島人のことをかなり勉強した。こんどは山へ疎開して、蕃人の生活をみておきなさい。それが、あなたの日本へ持ち帰る唯一の財産だ》（「〝蕃地〟との関り」）。彼女の記憶では、その言葉の調子は押しつけがましいものではなく、むしろ静かでかなしげであったという。

楊逵、葉陶夫妻と知り合ったことは、坂口䙥子の台湾理解を大幅に促進させた。彼女にとって二人は、自分にないものを持つ敬愛すべき友人であった。《「無医村」「楊逵が一九四二年『台湾文学』二巻一号に発表した小説―筆者注」には私の世界にはない哀哭があり、親身なあたたかさが流れ、憤りは沈み静かな叫びになって訴えられていた》（「楊逵と葉陶のこと」一九七一年）《「葉陶は―筆者注」いつもハダシで働き続け、アヒルや鵞鳥を追い、大きな鍋で五人の子供達と夫妻のための食事をつくっていた》《それは、日本の農家の主婦の顔とそっくりだったが、落くぼんだ円い眼には、矛盾だらけの人間社会への、絶えることのない憤りが光っていた。どんな社会構成のなかでも、それは妥協することのできない、どうしようもない本質的に批判精神に凝った、一人の女性の眼だったようだ》（「母の像」別章（九）一九七二年）。

夫・貴敏が台中州の情報部主任から理蕃課へ配転を願い出たことが一種の戦争忌避とみなされ、夫は中原社に引っ越して一週間目に召集された。坂口䙥子は、右も左もわからない「蕃地」で女手一つで家族を守らねばならなくなった。戦争末期に敢えて「蕃地」に疎開してきたにもかかわらず、生活者としての彼女は、生産手段を持たない生活能力ゼロの日本人だった。そんな彼女が頼ったのは、日本名を大石フミというタイヤル族の娘である。大石フミは彼女に「蕃地」での生活方法を教え、彼女の手足となって働き、物資を入手し、孤独を慰めてくれた。

中原社では、霧社事件の当事者たちが彼女のすぐそばに暮らしていた。霧社事件とは一九三〇（昭和五）年に起こった原住民の蜂起事件である。運動会に集っていた日本人一三四人と台湾人二人が殺された。蜂起した原住民側はその後軍隊に鎮圧され、首領モーナ・ルダオを始め八百人近くの犠牲者が出た。「花岡一郎」、「花岡二郎」の日本名を与えられ、警察当局に学資を支給されて上級学校へ進学し、事件当時それぞれ乙種巡査と警手の任にあったダッキス・ノービンとダッキス・ナウイも一族の者と共に自決した。日本の植民地政策の根幹を揺るがしかねない大事件であった。

《中原には、桜台で、背中の赤ん坊ごと蕃刀で切られ、命びろいをした、石川警部補の夫人もいた。眼の前で、上の子供が、机の上にのせられて叩っ切られるのを見たそうだ。そして尚、蕃地にそれからも十余年暮らしている》《花岡二郎の妻だった中山ハツエは、看護婦と助産婦の免状をもち、二郎の遺児初男と、中山公医との間に生まれた、初子とともに、平和な生活をいとなんでいた》（「蕃地作者のメモ」一九六一年）。

一九三八年に初めて霧社を訪れたときのことが思い出され、坂口䙥子は自分が霧社事件と不思議な縁でつながっているように感じた。そして事件のことを調べようと思い立ち、原住民の人々との接触を試みたという。おそらく、その時の彼女にははっきりした創作のヴィジョンがあったわけではないだろう。むしろそれはもっと素朴な気持ちだった。《私は、識りたいことが沢山あった。山地の人々の生活は、悲惨な「霧社事件」の記憶とともに、私の好奇心をひくのだった》（「〝蕃地〟との関り」）。

彼女が「好奇心」を抱いたのは、そこが故郷を思い出させたからだ。《スベリヒユウ・かやつり草・おおばこ・黄金草などの雑草は、私の郷里八代の山野とそっくりだった》《家々のかまどに火が燃されていて、そのオレンジ色の炎が、郷里の田舎の夕ぐれを思いださせる。私は、台湾へ移り住んで、はじめて郷愁を心底から感じていた》（「〝蕃地〟との関り」）。

坂口䙥子は「蕃地」にふるさとを見、そこに暮らす人々にふるさとの人々を重ね合わせていた。

3 「蕃地」と「修羅の巷」

一九四六年三月、坂口䙥子は一家揃って故郷八代に引き揚げ、実家に身を寄せた。彼女が台湾にいる間に、姉と兄が亡くなり、夫妻には二人の男の子が生まれていた。

坂口䙥子の戦後最も早い作品は、一九四六年十月に八代の同人誌『斗鶏』に発表された「葡萄」と翌一月に八代文化人連盟発行の雑誌『無門』に載った「崩れゆくもの 或引揚者達の対話」という小説である。そこにはまだ「蕃地」の姿はない。一人の引揚者として必死で日々を送る作者の姿が投影されているだけだ。おそらく新たに生活の根を張ることで精一杯だったのだろう。同人となった熊本の『詩と真実』に「鹿子木村」という短篇を一九四九（昭和二十四）年に発表した以外ずっと沈黙を守っていた。彼女には、「蕃地」での見聞が整理され、作品が醸成されていく時間が必要だった。

そして四年後の一九五三（昭和二十八）年、『文学者』三七号に「ビッキの話」を発表、続いて「蕃地」で第三回新潮社文学賞を受賞、一九六一年までに「遠い火」、「霧社」、「蕃地の女——ルピの話——」、「蕃婦ロポウの話」、「蕃地のイヴ」、「タダオ・モーナの死」と「蕃地」ものの小説を八編発表した。「蕃地」に関するエッセイも数編ある。そのうち「蕃婦ロポウの話」が、前述のように第四十四回芥川賞候補となった。

この時期は、彼女の創作活動が最も旺盛だった時期で、『新潮』や『別冊小説新潮』などには、「蕃地」もの以外の短篇小説も数多く掲載された。多くは作者の生活や周辺の人物に取材した作品である。

これらの作品は「蕃地」ものとは明らかにトーンが違う。「蕃地」ものの文章は簡素で、悲惨な出来事を描くときでもどことなくユーモアが感じられる。人物を見つめる眼も温かい。一方、それ以外の小説のトーンはおおむね屈折している。そこでは人間のエゴが容赦なく暴かれ、辛辣で皮肉な視線で人物や社会を見ている感じがある。ほぼ同時期にかかれたこの二つの作品群がこうまで異なった風格を持つのはなぜなのか。

この時期、坂口襦子の私生活は決して順調ではなかった。文学賞を受賞し、中央の雑誌に作品が掲載されて、少なからぬ原稿料が入っても、それは右から左へ夫が費消した。《この数年、ジリジリと貧しさに追い込まれてきた姉の暮しを、佑子は腹立たしいものに眺めていた。五年前に、姉が新潮社の文学賞をもらって、華々しく文壇にデビューして、ようやく浮き上ったと思っていると、義兄の酒乱が前よりも烈しくなった。姉は何も語らないが、その以前からの女性関係が、義兄をひきずり、稿料はかたはしからそっちへ流れていっていることを、佑子はしってい

あった。

そして借金の保証人になったため多額の負債を抱えたまま、一九五七（昭和三十二）年二月に、夫は急死する。夫との冷えた関係をようやく修復できそうなところまで引き戻した矢先の不幸であった。

おそらく坂口䙥子にとって「蕃地」もの以外の小説は、それを書くことによって、現世――彼女はそれを「修羅の巷」と呼んでいる――の苦しみをどうにか乗り切ろうとした苦闘の跡なのだ。そこには夫への恨み辛みから自分の不甲斐なさに対する怒りまで、あらゆる苦しみを吐き出さずんばやまず、といった印象すらある。それは、夫の死後、この類の作品がほとんど書かれなくなったことからも理解できる。夫の急死を乗り越えるために腸をえぐるようにして書かれた自伝的小説「蟷螂の歌」（一九六〇～六一）は、その総決算であろう。

だが「蕃地」ものは夫の死後も書き継がれ、「蕃婦ロポウの話」、「タダオ・モーナの死」でひとまずの完成をみる。

彼女が「修羅の巷」を描いているとき、向き合っているのは醜悪な現実であり、「蕃地」ものを執筆しているとき、彼女の心はふるさとにも通じる理想郷にあった。この微妙なバランスがこの時期の彼女を支えていたのかもしれない。

4 「九州」もの

坂口䙥子は一九六一（昭和三十六）年、単行本『蕃婦ロポウの話』の出版を最後に、《蕃地》ものの筆を擱いた。一九六二年には「猫のいる風景」で二度目の芥川賞候補になったが、これは寝たきり老人とその周囲の女たちの奇妙な人間模様を、猫をアクセントにして描いたもので、「修羅の巷」の延長線上にある作品だった。

未亡人となった坂口䙥子は一九六二（昭和三十七）年二月、故郷・熊本を離れて上京する。表向きは「文学一本でやっていく」ためだったが、実情は精神的に追いつめられたあげくの脱出に近かったようだ。芥川賞候補作家という名声と、子供二人を抱えて未亡人となり経済的に逼迫しているという現実。そのギャップに彼女は疲れ果てていた。二人の息子が大学受験期にあたっているという事情もあった。もちろん東京で自分の文学を究めたい野心がなかったとは言えないだろう。彼女が故郷の文学仲間に宛てた文章に、そんな気負いも垣間見える。《私はボツボツ編集者とも仲好くなっていますので、少しずつ秋頃から発表できようかと思っています。どんな時にもあきらめることをしない、私の執念が、私を前へ進めてゆき一つずつ脱皮しようとする苦しい努力が変った花を咲かせてゆくのだと、傲慢なようですが、思っています。文学に年令はないのだと信じ、毎日何か一つでも新鮮なおどろきをもちたいと思っています》(「近況報告」一九六二年)。

だが、東京に出た彼女は、自分の居場所をみつけるのに必死で、売文はともかく、文学で身を立てることは難しかった。もともと彼女の文学世界は、自らの魂の救済のためにあり、商業ベースに乗ることと真っ向から矛盾するものだったのだ。

坂口䙥子が東京に出てから発表した小説は多くない。「子芋」、「風葬」、「盲目の樹」、そして『花泉』誌に七年の長きにわたって掲載された長編自伝小説「母の像」、さらに八十三歳のときに発表した「幼かりし日のふるさと」である。この他にも執筆の計画はあったようだが、結局完成していない。

「風葬」は『九州文学』二二八号(一九六四年三月)に発表され、三回目の芥川賞候補となった。結局また落選となるのだが、受賞した時のためにと準備した「盲目の樹」が『文学者』一九六六年十月号に掲載された。

彼女が「蕃地」ものの筆を止め、次に書いたのが、「風葬」、「盲目の樹」という「九州」ものとでも呼べるような作品であったことは注目される。「九州」ものには「蕃地」ものの素朴さ、明快さはない。自らの血の記憶を呼び起こすような不思議な時間軸と、外界と隔絶された封鎖性を持つ世界である。だが根底にはあくまで南方的なあっけらかんとしたものが流れている。

「蕃地」を書いた頃、坂口䙥子は「ルポルタージュ文学」を提唱し実践していた。彼女は「ルポルタージュ文学」とは《事実と虚構によって組立てられた真実》であるという。「蕃地」ものは、もともと舞台も人物も伝奇性を帯びている。坂口䙥子の際立った特徴は、それを他者のものと見ないで、自らの中に取り込んでいる点にあるのだが、読者はどうしてもその伝奇性にひきずられてしまい、書かれたものを事実と受け取ってしまいがちだ。彼女の小説観は変更を迫られた。《小説は事実と虚構の上にくみたてられた真実だ》という《私の小説観は崩壊し、私はあらためて、小説とは、虚構の上にたった真実だ、という主観を基盤にして、歩みだそうとしている》(「事実と真実」一九六〇年)。

三度目の芥川賞候補となった「風葬」は、輪廻転生の物語である。これは「蕃地」での見聞に触発されて生まれたものだと考えられる。彼女は「蕃地」の人々の生死観に強い印象を与えられ、そのことを繰り返し書いている。坂口によれば、山の人々はいともかんたんに自分の命を絶つという。それは来世に希望を託してのことなのだ。《余りにも、いつでも、彼女達は簡単に縊死するのだ。生命を粗末にするのは、生活に未練がなく、執着することが少ないのかもしれない。再び生まれることを信じ、その来世に期待して、安心成仏できる。羨ましい位に易々と死ねるのだ。再生輪廻を信じられる果報を、彼らはもっている》(「〃蕃地〃との関り」)。

「風葬」の主人公、現代の栗林六助は、ダンプカーに轢かれ両足を切断した体で故郷に戻ってくる。現代の六助は、彼の前に現れた〈あいつ〉——前世の六助に導かれ、兄に頼みこんで「死人島」と呼ばれる島に送ってもらう。そこは昔から死期の近づいた村人を連れて行く場所であった。〈あいつ〉は三六五年前「クサレ」という病のために「死人島」に送られたのだ。現代の六助は、前世の六助との葛藤の中で、死後の再生を信じるようになる。

私は、今のままの私のよみがえりを祈る。

「六。こんどうまれて来る時、五体そろうた男になれや。」

あいつにおババが言ったそうだ。

風葬の島、死人島には、熾烈な死者の嘆願が満ちている。それを総結集して、私の潜在エネルギイとするならば、私に、完全な二度目の生は享けられないだろうか。私はその祈りのために、現実放棄をした。この不具の体を捨てることに悔いはない。

風葬。

栗林六助の完全な消失。

私は、海鳴りのする、広く青い海へむかって絶叫する。

私は、またやってくる！

「九州」ものの「風葬」、「盲目の樹」は明らかに「虚構」の上に立ち、「真実」をもとめて書かれた作品であり、坂口䙥子の新しい挑戦だった。そしてその「虚構」は、「蕃地」での見聞が「九州」と反応して生まれた坂口䙥子独自の世界であった。

5 「血」への関心

坂口䙥子の生涯をつらぬく文学のモチーフは、「故郷」と「家族」である。

この両者は互いに関連しあうものであるが、坂口䙥子の場合、「故郷」が基調になるとき、それはなつかしいもの、温かいものとして描かれ、「家族」が強調されるとき、それは血の問題につながる悲劇性を帯びてくる。

血の問題は台湾時代から坂口䙥子の文学にとって重要なモチーフであった。父親の「淫乱」な血を子孫に伝えることを恐れて結婚を拒否する娘の形象が描かれる「破壊」、優性が劣性と結びつくことによって劣性を救うという話題が登場する「曙光」のほか、単行本版の「時計草」は異民族の混血を扱い、さらに戦後の「蕃地」でも、同じく混血の問題がテーマとなっている。

自伝的小説である「蟷螂の歌」や「母の像」では、父親の「淫乱」と母方の「狂気」について比較的ストレートな形で書かれており、血の問題が彼女自身に繋がるものであったことがわかる。《立子を切なくするのは、或夜、或時の父信太郎の姿だ。それは前後二回、立子の目をさまさせ、そして立子を決定的にうちのめした。父親に絶望したのも、その時からであったし、自身のなかの血に信をもてなくなり、結婚に夢をかけなくなったのも、その時からなのだ》（「蟷螂の歌」（二）一九六〇年）《お姉ちゃん。お母さんの山のお家に、本当に気違いさんがいたのね。お姉ちゃんは見たことある？》（「母の像」二章（十二）一九六八年）。

ところが実際に母となったあと、子孫への血の継承の危惧を彼女が語ることはなかった。とくに父の「淫乱」の血に対する嫌悪と恐怖は、若き日の彼女の潔癖さに発したものであったと言えるだろう。だが、沖縄の人々が移住して形成されたという山深い母方の故郷の血の濃さに対しては、あるこだわりを持ち続けたようだ。母の故郷の部落を語る際に《血族結婚の血の弱さ》《長い間に近親結婚が行われてきた》といった表現がさりげなく現れ、母方の親戚で精神を病んでいた女性のイメージも繰り返し描かれる。「九州」ものの一つ、「盲目の樹」に描かれる、熊本県五箇荘を舞台とした世間に忘れられて生きる盲人一家の物語は、坂口䙥子の近親婚に対する関心を裏付ける作品だ。

五箇荘の山奥に人々に全く忘れられた一家が住んでいた。母親ハギは、兄と妹の結びつきによって生まれ、彼女自身は最初に叔父の妻となって一女・ソヨを産み、叔父の死後、誤って殺人を犯して村八分にされた木こり・直助と結ばれ一太、二太の兄弟を産んだ。ハギの子供たちは皆盲目であった。ソヨは一太と二太との間にそれぞれ男の子を産むが彼らもまた盲目だった。彼らはそれぞれが一本の木のように孤独を抱きながら生きている……。

「風葬」にも同様に閉鎖的社会における結婚の問題が言及されている。《この島で争うことといえば、限定された数のなかでおこってくる男と女のトラブルだけだった。しかも、それを避ける為の慣習となった戒律は厳しかった》。

「蕃地」も同様に封鎖された社会であった。おそらく坂口䙥子はその鋭敏な嗅覚で、そこを《お母さんの山のお家》とよく似た風土の場所だと感じ取ったのであろう。「蕃地」にふるさとを感じる彼女の感覚は、単なる郷愁ではなく、もっと根源的なもの、生の根本に関わるものであったのではないだろうか。

ついでながら、「蕃地」ものの作品で坂口䙥子は登場人物に熊本弁もどきの言葉をしゃべらせている。実際、原住民たちの話す日本語はそれとは全く違っていたらしいが、敢えて故郷の言葉に似せたところにも、彼女の「蕃地」に対する思いが感じられる。

だが、急いでつけ加えておかねばならないのは、たとえ彼女がそこに自分の「生」と関わるものを見たと言っても、彼女自身はあくまで彼ら自身ではない、ということだ。彼女は「蕃地」にあっても《お母さんの山のお家》においても、常に訪問者であり短期滞在者であった。自分の存在は確かにそこを源としているが、視線はすでに外の人間のそれに近いのである。「蕃婦ロポウの話」に於いて、聞き手である一人称の「私」と語り手である「ハツエ」、そして語られる「ロポウ」、この三人が時折すっと入れ替わるかのごとき錯覚を起こさせるのは、こうした彼女の立場を如実に反映したものだといえるだろう。

6 坂口䙥子の位置

台湾の歴史学者・戴国煇は次のように書いている。

《[坂口䙥子が—筆者注]霧社の火を文学活動でともし続けてきた労を多としたいが、愛読者の一人として筆者は、もし坂口氏が、植民地体制批判、植民地統治関係における支配と被支配の実態をより明確にとらえきれたらもっともっと地平が広がって良い作品が生まれるのではないかと望蜀の願いをもち続けてきた》(「霧社蜂起事件の概要と研究の今日的意味」一九八一年)。

坂口䙥子は戦後さまざまなところで、植民地統治は否定されるべきだと語っている。だが、戴国煇の言うように、彼女の作品の中で、そういう立場、そういう観点がはっきりと示されることはほとんどない。それはおそらく坂口䙥子が自分の見たもの感じたものだけを信じて作品に表現したからであろう。霧社事件などの社会的な問題を扱っていても、その中心にはつねに夫婦の問題、家族の問題が置かれていた。《植民地統治関係における支配と被支配の実態》が描かれなかったことを、彼女の限界と見ることもできるが、それを坂口䙥子の特長だと見ることも可能であろう。彼女にとって文学とは、正しくそのような存在なのである。

坂口䙥子は、「蕃地」で暮らし、そこに生きる人々をみつめることで、自分の故郷に対する新たな視線を獲得し、それを「九州」ものに生かした。彼女のなかで「蕃地」と「九州」は一対の合わせ鏡のように互いを照らしあっている。それは、「蕃地」ひいては台湾と九州との風土的なつながりから両者の文学に相通ずる「根」を探っていく際に、一つの有力な手がかりになるだろう。

*この稿の執筆に当たり、熊本県立図書館奉仕課、『知性と感性』編集責任者・江藤和彦氏、専正池坊『花泉』編集長・佐藤幸子氏には、資料収集の際にとくにお世話になった。ここに記して感謝の意を表する。

（間ふさ子）

坂口䙥子《さかぐちれいこ》（一九一四〜　）

熊本県八代生まれ。八代町長を十五年務めた父・山本慶太郎、母・マキの次女。一九三三年熊本女子師範本科二部卒業。小学校教員ののち一九四〇年結婚のため台湾に渡る。結婚後『台湾新聞』、『台湾時報』などに作品を発表、のち『台湾文学』同人となる。一九四三年には「灯」で第一回台湾文学賞奨励賞を受賞。

一九四六年三月帰国。戦後、丹羽文雄主宰の「文学者」に参加し、一九五三年「蕃地」で第三回新潮社文学賞を受賞。一九六一年には「蕃婦ロポウの話」、翌一九六二年には「猫のいる風景」、一九六四年には「風葬」で芥川賞候補となった。

一九五〇年玉名家政高教諭、一九五七年八代商業高校教諭、一九六〇年退職ののち、一九六二年より東京在住。

著書に『鄭一家』(清水書店、一九四三年)、『曙光』(盛光出版部、一九四三年)、『蕃地』(新潮社、一九五四年)、『蕃婦ロポウの話』(大和出版、一九六一年)、『蕃社の譜——坂口䙥子作品集①』・『霧社——坂口䙥子作品集②』(コルベ出版社、一九七八年)

【現在読むことのできる作品】

戦後出版された四冊はすでに絶版だが、所蔵している図書館があるので借りて読むことができる。

台湾時代の主要作品は以下の復刻版で読むことができる。

『〈外地〉の日本語文学選』①南方・南洋/台湾(新宿書房、一九九六年)

『日本統治期台湾文学　日本人作家作品集』第五巻（緑蔭書房、一九九八年）
『日本植民地文学精選集』〇三七台湾編一二（ゆまに書房、二〇〇一年）

第九章　魯迅と郭沫若——その九州大学との関係——

はじめに

魯迅と郭沫若、このふたりは中国の近代文学を、文字通りに代表する文学者である。詩人、作家、文学研究者として広く文学全般にかかわると同時に、両者ともに最初は医学への道を歩み、途中で文学に転進した、という閲歴でも共通する。周知のとおり、彼らはともに日本での留学体験者である。ひとりは仙台医学専門学校（東北大学医学部の前身）を中途で退学し、他のひとりは九大医学部での学業を、実質的にはなかばで放棄した。その後はいずれも、新生中国への苦難に満ちた胎動のまっただ中に身を挺して、時には吶喊の声をあげ、時には彷徨しながら、中国近代文学の礎石を構築するために格闘した。その軌跡は、一般に私たちが、文人とか文学者とか称する時に想定する、あの空疎で軽薄な響声とは似ても似つかぬ、多難でそれ故に重厚な行動に裏打ちされた営為である。ことわるまでもなく、中国の近代文学史は、あまたの試行錯誤の反復を累積して成立した。だがその中でも、この両名のはたした役割の重要性は、とりわけ顕著で象徴的である。そしてこのふたりの文学者と九州大学とは、まことに浅からぬ因縁によって結ばれている。あるいは結ばれるはずであった。

1　魯迅の場合

日本人としては、魯迅に直接師事した唯一の中国文学者である増田渉氏は、かつて魯迅を九州大学の講師に斡旋しようと奔走されたことがある。それは氏が東京大学を卒業して二年後に上海へ遊学された一九三一（昭和六）年、ちょうど柳条湖事件、いわゆる満州事変の始まる前後のことであった。魯迅の方でも《一年くらいなら行ってもいい》という意向があったそうだ。『九州大学五十年史』によれば、このころ中国文学担当の専任教官は欠員で、一九二九年および三〇年には東大教授塩谷温氏を臨時講義に招いているにすぎず、増田氏が魯迅就任を企図した三一年には、中国哲学科の講師が、中国文学科のピンチヒッターを務めていた。ともれ増田氏は《誰かから》そんな事情を耳にして、旧師の塩谷氏に仲介を依頼する手紙を書かれた。だが《いくら待っても返事はこ》ず、そのことを氏は《あとあとまで残念》がっておられる（角川選書『魯迅の印象』二六一ページ)。

ひとり増田氏のみならず、これは日本の中国文学界全体にとっても、とり返しのつかない損失であったろう。晩年の魯迅が日本の土を踏むことによって、日本の中国文学研究の流れにも、あるいは大きな変化が生じたかも知れない、というむしのよい妄想が私にはある。《というのは、自分の学生のときのことを省みて、日本の大学での中国文学の授業内容に私は不満をもっていた。若い学生はもっと生きた中国文学にふれなければならぬという考えで、とくに上海で感覚した中国のうごきと、中国の文学につよい刺激をうけたからである。たとえ古典をやるにしても、現実的な視点がなければ、有用性のないあそびにすぎないと思った》という増田氏のご意見は、そうした状況から半世紀ちかくたった今日でも、なお有効性を失わないと、私には感じられるからだ。

九大への魯迅斡旋に失敗してから、改めて増田氏は《東京に中国文学の講習会(あるいは塾)のようなものをつく》り、そのころ千葉県市川市に亡命中であった郭沫若と、上海在住の魯迅を講師に迎えようと画策された。この「案」は昭和初年の社会情勢から、単なる「夢話」に終わってしまったけれども、若き日の郭沫若が、医学生としてやはり九州大学に籍をおいていたことと考えあわせて、福岡という土地柄は、妙に中国の近代文学に縁のある所だという気がする。

写真17　1918（大正９）年の九州大学医学部
写真上方が箱崎松原海岸

2　郭沫若の場合

《市のはずれは一帯に大きな松林であり、湾のまわりを塀のようにとりかこんでいた。……ふたりは海辺の石で造った灯台のかたわらで服をぬぐと、海の中へ歩いていった。海水は満潮時だったが、博多湾はまったくの〝遠あさ〟で、水中をどこまで遠くへ歩いても、いぜんとしてまだ海底に足がとどいていた》。これは郭沫若の回想録『創造十年』に描かれた一九一八年夏の箱崎かいわいである。今はこの「遠あさ」がたたって見る影もない埋立地に変貌、そのうえ廃水公害まで問題になる現状だが《古書では〝十里松原〟と呼ばれる》風光明媚な海浜に、九大キャンパスはあった。海水浴のもうひとりの相手は、張資平という第五高等学校理科の中国人留学生である。この年の夏、六高を卒業して九大医学部に進学した郭沫若は、八月下旬の昼さがりに松林を散策していて、たまたま海水浴に逗留していた資平にばったり出会った。この日の邂逅が奇縁となって、後に中国の既成文壇になぐりこみをかけることになる文学結社「創造社」結成の端緒がつかまれた。もともと文学への素質をもっていた郭沫若の心は、難聴のために大教室での講義の口述筆記が困難であるという事情もあって、以後ますます文学に傾斜した。大学での解剖学の実習を受けながら、それを素材とした幻想小説を書いて上海の雑誌に投稿を始めたりしたのである。また『ファウスト』の訳業にうちこんだことも、そうした郭の心情をいっそう文学に近づけ、その主人公が「学問を呪う場面の独白」などが彼の「嗜好」にぴったりと適合した。こうして郭は、形式的には医学部の卒業生となったが、しかし終生ついに医学には従事しなかった。魯迅招聘の失敗の場合とは逆の意味で、歴史の偶然のおそろしさを感じさせる事実譚である。

3　魯迅と郭沫若

魯迅の生前には、このふたりは決して仲のよい間がらではなかった。「文学研究会」が、中国では初めてそう呼ばれるのにふさわしい近代的な文学結社として、既成の作家たちを糾合して出発した直後に、それを《文壇を壟断する》ものとして攻撃をしかけたのは、ほかならぬ郭沫若を大黒柱とする「創造社」のグループだった。その際、文学研究会の機関誌『小説月報』に対する主要な寄稿者である魯迅は、彼らにとって絶好の標的であった。魯迅の方でも、後に「創造社」のことを「新才子派」の芸術至上主義者と称して手きびしく批判した。

またその後、大革命（国内統一戦争）に参加した郭沫若は、その挫折とともに改めて文筆活動を再開したが、このたびはマルクス主義文芸理論を武器として、「プチブル作家」魯迅を血祭りにあげようとした。この当時の魯迅は、マルキシズムに対してまだほとんど公的な発言をひかえていたが、左傾後の「創造社」およびソヴィエト帰りを中核とする「太陽社」等の批判に応えて、自らもプレハーノフやルナチャルスキーの文芸理論を着実に検討しながら、真正面から論戦に臨んだ。いわゆる「革命文学論争」である。

さらに魯迅の最晩年にあたる一九三六年の「国防文学論争」では、郭沫若が亡命先の日本から「中国文芸家協会宣言」に署名して「国防文学」の提唱を支持したのに対して、魯迅は別に「民族革命戦争の大衆文学」なるスローガンを並置して「中国文芸工作者宣言」を発した。こうしてふたりは一見つねに陣営を異にするライバル関係にあって、たえず論戦をくり返していた。ただ日本での文学上の論争が、不可避的に不毛の結果をしか招来しないのに対して、彼らの場合には何らかの意味での結実が必ずもたらされていることは注目に値しよう。この最後の論戦も、魯迅急逝の直前になって「文学界同人の団結禦侮と言論自由の宣言」となって一応の結着がつき、それぞれの当事者である魯迅、郭沫若および対立する双方の宣言に加わった茅盾らを含む共通の基盤が確立された。それは彼らの論争が単なる私心や独善による、自己目的化したセクショナリズムからの派生物ではなくて、東北地方（旧・満州）を植民地化され、さらに中国全土を侵略（日本による）にさらされた民族的危機感に由来する共通の目標を志向していたからである。

4　九州大学または日本との関係

魯迅は一九〇二年（二十歳）の春から一九〇九年（二十七歳）の夏まで、二十歳代の大半を明治末年の日本で生活した。それはわが国の経済が二つの侵略戦争を通過して、軽工業より重工業への構造的な転換を急速になしとげていく時期であって、じじつ魯迅自身も、日露戦争の開戦から終結までを留学時代に直接見聞している。そしてそれが彼を医学から文学へと転身せしめた重要なモメントの一つであったことは、すでに彼自身の描いた『吶喊自序』や『藤野先生』によって、あまりにも有名である。

いっぽう郭沫若の場合も、その日本留学期間は一九一四年（二十一歳）から一九二四年（三十一歳）まで、やはり二十歳代の大半に相当している。その上一九二八年には蒋介石の逮捕令を避けて、日本人の妻佐藤とみおよび彼女との間に生まれた子どもたちをつれて千葉県へ移住、以後十年にわたる亡命生活に入った。いうなれば日本は彼らの青年時代を培った文字どおりの曽遊の地である。だがそのことと、彼らの日本に対する想いとは、必ずしも私たちの期待につながるものではない。

すでにふれたように、彼らが常に論戦の一方の旗頭として一見対立しながらも、それでいていつも共通の基盤から剝離することがなかったのは、それは「先進国」日本との緊張関係が、その間に触媒として作用していたからである。換言すればこの数十年来の日本は、中国近代文学にとっての「反面教師」でたえずあった。第二次世界大戦の最中に、九州大学医学部の関係者が、アメリカ人俘虜を生体解剖に付したという事実(遠藤周作『海と毒薬』参照)がある。しかもそれとほとんど変わらないことが、中国大陸では日本人の手により日常的に行われていた(本多勝一『中国の旅』参照)。魯迅が仙台医専での「屈辱」をばねとして文学に身を転じ、郭沫若が九大で「愛国心」を養われたと称するのも、実はそのような事実の結果に外ならない。九州にかかわる中国の近代文学にも、そのような人々の心が照り返されているのである。

(山田敬三)

あとがき

日本現代中国学会西日本部会に所属する研究者のうち、文学をテーマとする者が「現代中国講座」という名の研究会を開くようになってから、もう三年になります。研究会は通常毎月の第三金曜日の夜、九州大学の六本松キャンパスで開催されていますが、本書はこの研究会のメンバーが中心になって執筆したものです。

魯迅や郭沫若の名を持ち出すまでもなく、中国現代文学は日本と深い関わりをもっています。その日本で東京と京都を別格とすれば、次に関係の深いのは九州のようです。ところが中国現代文学と九州との深い縁というものは地元・九州の人たちにはほとんど知られていないように思えます。序章にもちょっと触れたことですが、陶晶孫という創造社の作家を、彼の出身校である九州大学医学部は知りませんでした。いまは訂正されていますが、彼の本名・陶熾が医学部の同窓会名簿には「すえ　さかん」と掲載され、「不詳」と記されていたのです。郭沫若と張資平の箱崎海岸での出会いが創造社の誕生のきっかけになった、というのは中国文学研究者の間では有名なエピソードです。しかしこれも世間では全く知られていない。もちろん、そもそも「創造社」という文学結社さえ知る人の方が少ないでしょうから、当然と言えば当然なのですが、中国現代文学研究者としてはまことに残念な話です。本書の出版はそういう残念さに触発され、中国現代文学と九州の関係についてもっと知ってもらいたいと考えたことが一つのきっかけになっています。

「日本近代文学と中国」、「近代日本と中国」のような「日本から中国を見る」という視点での研究はこれまでいろいろ行われてきました。そういう本も書かれています。しかし日本人の手で中国現代文学という枠組みから逆に日本を考える作業、それは、ひいてはアジアの視点から日本を照射することに繋がっていくものだと思いますが、そういう作業は、中国文学の領域ではほとんどやられたことがない。まして九州のような一地域に限定してそこで展開された中国文学者の活動を再検討するということは行われたことがありません。この書物はそれをやってみようという問題意識から出発しています。

ただこの本では、対象をもうすこし拡大し、中国と関係の深い九州出身の日本人文学者や民間人をもとりあげ、中国作家だけではなく、日本人の植民地での文学活動や、中国人文学者との交流などもとりあげました。また序章でちょっと触れただけですが、戦争文学についても、あるいは中国で紹介された九州出身作家についても述べました。こういうプラスのもマイナスのも含めた日中相互に関わる文学活動を文学「交流」と言うとすれば、本書は戦前の日中両国の文学者や民間人が、それぞれの異国で体験した青春と戦争、そしてそれを背景にした文学交流の記録ということになります。

この交流の記録が、読者にとって九州と中国（ひいては九州とアジア）、日本と中国（ひいては日本とアジア）の歴史的関連を考えるきっかけになるものであってくれれば、こんな嬉しいことはありません。またこの書物が中国現代文学への広い関心をよびおこすものになってくれればこれまたわれわれにとって望外の喜びです。

本書では作品などからの引用は《 》で示しました。引用中の文章は原則として原文に従っていますが、一部漢字やかなづかいを現代語表記に改めたもののあることをお断わりしておきます。

最後に、この書物を叢書の一冊に加えていただいた九州大学アジア総合研究センターの諸先生と叢書担当の玉好さやかさん、細部にいたるまで行き届いた編集をしていただいた九州大学出版会の永山俊二氏にお礼を申し上げます。

二〇〇五年二月九日

岩佐昌暲

執筆者紹介（執筆順）

岩佐昌暲（いわさ・まさあき）
一九四二年生。大阪市立大学大学院文学研究科博士課程単位取得退学。九州大学大学院言語文化研究院教授。〇五年四月より熊本学園大学外国語学部教授。著書『中国少数民族と言語』（光生館、一九八三年）、『紅衛兵詩選』（共編著、中国書店、二〇〇一年）、『文革期の文学』（花書院、二〇〇四年）、『八〇年代中国の内景——その文学と社会』（同学社、二〇〇五年）など。

武　継平（ウー・ジーピン）
一九五七年生。九州大学大学院比較社会文化研究科博士課程修了、博士（比較社会文化）。九州大学高等教育総合開発研究センター助教授。〇五年四月より立命館大学専任講師。著書『異文化の中の郭沫若』（九州大学出版会、二〇〇二年）。

小崎太一（こざき・たいち）
一九七三年生。九州大学大学院比較社会文化学府博士課程単位取得退学。熊本大学非常勤講師。論文「陶晶孫の福岡時代の文学にみられる世紀末の耽美性について」（一九九九年）、「創造社のいわゆる「異軍突起」について」（二〇〇一年）など。

松岡純子（まつおか・じゅんこ）
一九五三年生。熊本大学大学院修士課程修了。長崎県立大学経済学部助教授。論文「張資平『約檀河之水（The Water of Jordan river）』論」（一九九二年）、「張資平の五高時代について——張資平と日本」（一九九三年）、著書『落華生の夢——許地山作品集』（訳注、中国書店、二〇〇〇年）など。

新谷秀明（しんたに・ひであき）
一九六一年生。神戸大学大学院文学研究科修士課程修了。西南学院大学文学部教授。論文「巴金と石川三四郎」（一九九四年）、「巴金『家』再読」（二〇〇二年）、「国立労働大学の周辺」（二〇〇三年）、著書『余秋雨精粋——中国文化を歩く』（共訳、白帝社、二〇〇二年）など。

横地　剛（よこち・たけし）
一九四三年生。東京外国語大学中国科卒。福岡貿易株式会社代表取締役、九州大学非常勤講師。著書『満映――国策映画の諸相』（共訳、パンドラ、一九九九年）、『南天之虹』（台湾、人間出版社、二〇〇二年）、『文学二二八』（共編著、台湾社会科学出版社、二〇〇四年）など。

永末嘉孝（ながすえ・よしたか）
一九三四年生。北九州大学外国語学部卒。熊本学園大学外国語学部教授。著書『魯迅点描』（熊本学園大学附属海外事情研究所、二〇〇三年）など。

与小田隆一（よこた・りゅういち）
一九六一年生。九州大学大学院文学研究科博士課程単位取得退学。久留米大学文学部助教授。論文「民国期の天津における文芸刊行物」（二〇〇四年）、著書『余秋雨精粋――中国文化を歩く』（共訳、白帝社、二〇〇二年）、『中国文学の昨日と今日』（共著、中国書店、二〇〇四年）など。

間ふさ子（あいだ・ふさこ）
一九五五年生。九州大学大学院比較社会文化学府博士課程退学。福岡大学人文学部専任講師。著書『満映――国策映画の諸相』（共訳、パンドラ、一九九九年）、『旧植民地文学的研究』（台湾、人間出版社、二〇〇四年）など。

山田敬三（やまだ・けいぞう）
一九三七年生。京都大学大学院文学研究科博士課程単位取得退学。神戸大学名誉教授。著書『魯迅の世界』（大修館書店、一九九一年）、『十五年戦争と文学』（共編著、東方書店、一九九一年）、『文学』（共著、大修館書店、一九九五年）、『異邦人の見た近代日本』（和泉書院、一九九九年）、『境外の文化――環太平洋圏の華人文学』（編著、汲古書院、二〇〇四年）など。

〈KUARO 叢書 4〉

中国現代文学《ちゅうごくげんだいぶんがく》と九州《きゅうしゅう》

——異国・青春・戦争——

2005年 4 月25日　初版発行

編著者　岩　佐　昌　暲

発行者　福　留　久　大

発行所　(財)九州大学出版会

〒812-0053 福岡市東区箱崎 7 - 1 -146

九州大学構内

電話　092-641-0515(直通)

振替　01710-6-3677

印刷／九州電算㈱・大同印刷㈱　製本／篠原製本㈱

ISBN4-87378-860-9

「KUARO叢書」刊行にあたって

九州大学は、地理的にも歴史的にもアジアとの関わりが深く、これまで、アジアの人々や研究者と様々なレベルでの連携が行われてきました。また、「アジア総合研究」を国際化の柱と位置付け、全学術分野でのアジア研究の活性化を目指してきました。

それらのアジアに関する興味深い研究成果を、幅広い読者にわかりやすく紹介するため、ここに「KUARO叢書」を刊行いたします。

二〇世紀までの経済・科学技術の発達がもたらした負の遺産（環境悪化、資源枯渇、経済格差など）はアジアに先鋭的に現れております。それらの複雑な問題に対して九州大学の教官は、それぞれの専門分野で責務を果たしつつ、国境や分野を超えた研究者と連携を図りながら、総合的に問題解決に挑んでいくことが期待されています。

そこで本学では、二〇〇〇年十月、九州大学アジア総合研究機構（KUARO）を設立し、アジア学長会議を開催、アジア研究に関するデータベースを整備するなど、アジアの研究者のネットワーク構築に取り組んでいます。二一世紀、九州大学が率先してアジアにおける知的リーダーシップを発揮し、アジア地域の持続的発展に貢献せんことを期待してやみません。

二〇〇二年三月

九州大学総長　梶山千里